A ASCENSÃO

Rafael Victor Rosa Oliveira

KOTTER EDITORIAL

Coordenação Editorial: Sálvio Nienkötter
Editor-Executivo: Claudecir de Oliveira Rocha
Editor-adjunto: Daniel Osiecki
Capa: Paula Villa Nova
Design editorial: Carlos Garcia Fernandes
Produção: Cristiane Nienkötter
Revisão e preparação de originais: O Autor

Dados Internacionais de Catalogação na Publicação (CIP)
Angelica Ilacqua CRB-8/7057

Oliveira, Rafael Victor Rosa
A ascensão / Rafael Victor Rosa Oliveira. -- Curitiba: Kotter Editorial, 2023.
144 p.

ISBN 978-65-5361-176-4

1. Ficção brasileira I. Título

CDD B869.3

23-0545

KOTTER EDITORIAL

Kotter Editorial Ltda.
Rua das Cerejeiras, 194
CEP: 82700-510 - Curitiba - PR
Tel. + 55(41) 3585-5161
www.kotter.com.br | contato@kotter.com.br

Feito o depósito legal
1ª Edição
2023

A ASCENSÃO

Rafael Victor Rosa Oliveira

A Cibele Bonatto, por seu amor e companheirismo, e a Pablo Bruno Rosa Oliveira, por seu incentivo à publicação e pelas discussões inebriantes.

O divino é a causa de Deus, o humano a causa do homem. A minha causa não é nem o divino nem o humano, não é o verdadeiro, o bom, o justo, o livre, etc., mas exclusivamente o que é meu. E esta não é uma causa universal, mas sim... única, tal como eu. Para mim, nada está acima de mim!

Max Stirner

Sumário

PARTE I

1

Chegou até a minha mesa de escritório, faz algum tempo, este parecer cujo conteúdo afetará a vida de uma dezena de pessoas. Talvez de centenas, não sei ao certo. Ao rabiscar minha assinatura na parte inferior do papel timbrado, o documento seguirá sua tramitação sem maiores problemas, tenho certeza disso. É cômico e igualmente trágico pensar que o destino de um número vultoso de cidadãos depende tão simplesmente da minha rubrica neste papel. Para mim, esta condicionante prova que a igualdade entre os homens nunca passou de um devaneio alimentado pela fantasia.

Uns ditam e outros obedecem.

Ponto final.

As decisões que mudaram o curso da humanidade foram tomadas em gabinetes fechados, entre quatro paredes. Em um mundo hermético, onde indivíduos singulares debatiam com veemência e ardor os rumos da civilização. O povo? *Esse* aceita tudo. Prefere a leveza do ser à responsabilidade dos Deuses. Há quem diga que a leveza do primeiro seja insustentável. Se o autor dessa proeza escrevesse sobre meus concidadãos constataria que, insustentável mesmo, é sua capacidade de refletir e de colher resultados, pois aqui vive-se da carne e do imediatismo e não da consciência com seus fardos.

Terra de Macunaímas, não de Kunderas.

Além do mais, a quem o povo culparia por suas asneiras? Para continuar com os miolos em paz, desceram goela abaixo a ideia de que uma parcela da sociedade deveria representá-lo. Perfeito! A irresponsabilidade fora garantida, eis tudo o que importa. A leviandade vingou com exuberância, e até hoje seguimos saudando a república e a democracia das bananas. Mas alguns sabem – eu sei – que não é disso que se trata, mas, em realidade, estamos falando sobre homens especiais, destinados a reinar, e de sujeitos domesticados, fatalmente subservientes e medrosos.

Ah! Mas perco-me com facilidade. Dei tantas voltas apenas para declarar que, desde minha mocidade, intuía: estava predestinado a grandes feitos; a ser um desses homens especiais.

Em parte, culpo minha constituição física por este desejo em ocupar um lugar de destaque. Quando jovem, era belo e tinha um corpo bem-feito. Para as garotas do ginásio, representava o tipo simpático e bonito, enquanto diante dos meninos portava-me como um brutamonte impetuoso e até mesmo cruel. Todos eles se curvavam diante de mim. Eu conseguia o que queria pelo verde dos meus olhos ou pela potência e agilidade dos meus socos e pontapés. Nisso, vivia rodeado de súditos apaixonados e amedrontados. Na maior parte do tempo, eles faziam-me a corte, rendiam-se às minhas brincadeiras, diziam-me que eu era um ser incrível: um verdadeiro líder.

Mas talvez tenham sido os discursos da família os responsáveis pelos meus anseios de grandeza.

Em certos jantares, lembro-me perfeitamente de papai com uma taça de vinho cheia, batendo nela com a ponta da colher e anunciando o seu falatório, enquanto os olhos claros de mamãe (herdei-os dela) brilhavam de admiração e fé. Meus tios, sentados de ambos os lados da mesa, empanturrados de comidas e licores, nutriam por ele a mesma deferência. Via-se nos rostos deles, desfeitos em virtude do álcool, uma adoração que só se podia ter a um ídolo de pedra.

Parcimoniosamente embriagado, papai professava o evangelho do progresso e dos investimentos ao passo que meu avô, na outra extremidade da mesa, aprovava com a cabeça as palavras do seu profeta loquaz. O velho, em certas ocasiões, contava com satisfação a história dos seus antepassados. Estes haviam zarpado do velho continente e desembarcado na costa sem nada possuírem. Segundo dizia, o espírito evoluído e a determinação deles – em contraste com o gênio dos homens ociosos desta terra – fê-los aqui prosperar. Papai, dentre os irmãos, fora o único a herdar essa superioridade de espírito. Tomou as rédeas da empresa quando o velho perdeu a capacidade de acompanhar as mudanças impostas pelas novas tecnologias aos seus negócios, por isso todos o idolatravam, enquanto papai discursava sobre a garra e a perspicácia, que, no seu dizer, representavam atributos inseparáveis da nossa estirpe. No entanto, frisava bem, somente o trabalho duro coroava a grandeza da nossa linhagem, esse sim edificava a posição superior que ocupávamos numa sociedade composta de indivíduos preguiçosos, fatalmente destinados ao ócio e à delinquência.

Nessa época eu ainda era muito jovem, mas julgo que estes discursos me influíram anseios de grandeza. No fundo, apesar de desgostar dos jantares em família, sentia algo potente tomar conta de mim, enquanto meus tios, bêbados, faziam comparações físicas e de caráter entre mim e papai.

"O filho de um grande homem só pode ser consagrado a grandes feitos". Eles me diziam.

Eu acreditava.

Continuo acreditando.

2

Quando criança, acreditei também no pároco da igreja que frequentávamos religiosamente aos domingos.

Seus sermões, taxativos, extirparam de minha consciência jovem os males da dúvida e da pouca experiência:

"Um homem sem Cristo não é nada!".

"Não se pode progredir sem a bênção e a vontade de Deus!".

Seduzido pela sobriedade austera daquele homem, não pensei noutra coisa, àquela altura, senão em tornar-me parte do seu rebanho.

Suas pregações descreviam um paraíso resplandecente livre de impurezas e destinado às almas superiores:

"Um apocalipse vindouro e terrível se aproxima. Somente uma parcela dos homens se salvará".

No íntimo, desejava ardorosamente fazer parte dos eleitos.

Lembro-me de quando ele apareceu em nossa casa para tratar de um assunto com papai, pois eram amigos íntimos, e eu interrompi a conversa deles para perguntar-lhe quem seriam aqueles que se salvariam. De onde estava, sentado numa cadeira diante de papai, olhou-me com uma expressão fria e dura, e, em seguida, respondeu-me: "os obstinados e fiéis aos mandamentos da igreja". Mas ao constatar que a interrogação não se desfizera do meu rosto, acrescentou dizendo-me que eu era inteligente e perseverante, e, acima de tudo, um servo fiel de nosso senhor Jesus Cristo, sendo assim, não tinha com o que me preocupar, a minha salvação estava garantida.

Imaginar-me acima das nuvens, são e salvo, enquanto o resto da humanidade ardia nas chamas do inferno, causava-me um contentamento funesto. Aquele salvo-conduto ajudava-me também a compor um juízo que ia tecendo gradativamente sobre mim mesmo. Convencia-me, cada vez mais, de minha superioridade.

Acabei me tornando um coroinha devoto; crente na excepcionalidade de minha fé. Para mim, todos os outros estavam perdidos. O inferno era deles, e, na verdade, o destino também de grande parte da humanidade. Só uma coisa ainda continuava me incomodando:

A pequena parcela que se salvaria.

"Estariam ao alcance do reino dos céus?"

A quantidade, mesmo ínfima, deixava-me cabisbaixo e me fazia sentir menos especial.

Meus sacrifícios tinham de ser maiores. Não bastava respeitar os dogmas convencionais da igreja, era preciso buscar suplícios ainda mais penosos. Passei a ler as escrituras sagradas como um arqueólogo à procura de tesouros morais negligenciados. A partir de então, na escola, por exemplo, procurava brigas apenas para ter a oportunidade de oferecer a outra face ao meu inimigo. Arrumava confusões e deixava meninos fracotes me subjugarem, depois, aproximava-me deles e me esforçava por amá-los. Na época, devo ter chegado mesmo a nutrir algum sentimento por eles, ou então simulava muito bem para mim estas emoções.

Dizia-me constantemente:

"Qualquer indivíduo, pecador ou não, sente apreço pelos seus. O excepcional consiste em oferecer a mão àquele que há pouco utilizou-a para feri-lo".

Mas com o passar do tempo, uma vez que o amor não me satisfazia, passei a buscar outras formas de superação. Como já disse, era uma criatura bonita e desejada, no entanto, aos meus olhos, essa sedução passou a ser um impedimento carnal à minha salvação espiritual. Era preciso emporcalhar esta beleza que me causava tantos sofrimentos. Belos eram os anjos, eu não passava de um pecador atrás de salvação. Para sentir-me mais próximos dos porcos, criaturas em cuja carne hospedou-se o Diabo, recusava-me a tomar banho e andava para cima e para baixo vestido em andrajos. Na minha cabeça, primeiro, necessitava rebaixar-me até o mais reles errante, para só depois ascender ao reino dos céus como uma criatura dignificada. Só que para meu desgosto, minha beleza, mesmo encardida, continuava cativando corações. Nem mesmo assim, as meninas do colégio deixavam-me em paz. Desejavam-me mesmo imundo e eu tinha de esconder-me delas para não cair em tentação. Julgava isto um fardo terrível. Deste modo, não tive outra opção, a não ser enclausurar-me na prisão monasterial do meu quarto e esconder minha beleza do restante do mundo; ali, guardei domingos e feriados, amando o meu digníssimo senhor e lançando escárnios contra minha aparência sedutora.

Mas sabia que um homem não podia cumprir seus propósitos isolado do restante da humanidade. Eram necessários olhos para testemunhar e bocas para comentar. E o silêncio de Deus – minha única testemunha – era-me penoso demais.

Minha reclusão perdurou até constatar que deveria ir além de onde tinha ido, isto é, além do limite imposto pela fé.

Difícil é tornar-se bom quando não se é mau; destacar-se de branco em meio a um rebanho de ovelhas lívidas; ser asceta no reino da castidade. Para mim, não havia desgosto maior do que conviver com a ideia de não ser o único convidado a sentar à mesa do senhor. Não! Não podia aceitar uma pluralidade de almas dignas às exigências da comunhão. Meu destino glorioso não podia ser compartilhado com meia dúzia de padres e coroinhas. A minha escalada tinha de ser mais obstinada e dolorida que a deles.

É virtude ou blasfêmia desejar tão ardorosamente?

Comecei flagelando o corpo.

Na paróquia, todos se orgulhavam de uma fé leve e tênue, como a brisa do amanhecer. Não passavam de medrosos e frouxos. Ah! Como me recordo daquele dia em que lhes expus o ardor do meu credo. Tive de fazer um esforço descomunal para conter o riso, quando avistei a cara de estupefação dos padres, das freiras e dos discípulos, ao constatarem as marcas de sangue debaixo da minha camisa branca. Tive também de permanecer sereno e apático aos estímulos da vaidade. Um palhaço não pode sorrir das suas piadas da mesma maneira que um profeta não pode orgulhar-se dos seus milagres. Devo confessar, contudo, como foi dolorido retalhar a carne com uma navalha. Só a soberbia me impediu de chorar. Mas tudo foi recompensado com o horror estampado no rosto daqueles pecadores, diante do verdadeiro mistério. Em casa, essa satisfação triplicou-se, pois papai, ao saber do ocorrido, bateu-me ainda mais por causa do alvoroço causado pelo meu autoflagelo. O que ele não sabia, pobre homem, era que os seus açoites me causavam sofrimentos suaves e até mesmo regozijantes.

Desejava ofensas.

Quanto mais as recebia, mais parecia tornar-me belo, possuidor de uma graça fúnebre. Fazia jejuns visando castigar e ressecar o corpo. Calçava sapatos pequenos para achatarem-me os pés. Punha-me, horas e horas, escondido no quarto, de joelhos sobre tarraxas, enquanto rezava e imaginava-me ao lado do meu todo-poderoso e benevolente senhor.

Tais castigos foram apenas o começo.

Quando desfilávamos pelo corredor central da igreja, na ocasião da celebração de domingo de ramos, olhava para aquelas pessoas, prostradas de ambos os lados da passagem, e os desprezava internamente. Desejava que me insultassem, que me fustigassem o corpo com suas folhas de palmeiras, que cobrissem o meu corpo com os escarros viscosos de suas gargantas. Dizia com meus botões "Cuspam em mim e cubram o meu corpo com vilipêndios, ao término do dia, vocês estarão no burburinho pecaminoso de suas vidas, pois é de lá que provêm vossas existências! Enquanto eu... eu, no cair do dia, estarei rendendo homenagens ao meu senhor; saudando-o e oferecendo-lhe louvores e sacrifícios, pois a verdadeira salvação só pode ser encontrada na devoção e no sofrimento".

No fundo, eu desejava poder.

Esse mesmo poder implacável do sol, capaz de esturricar a vida sem piedade. Não sendo possuidor da intrepidez dos seus raios, tinha, em compensação, o ímpeto das escrituras. Certa vez, em nossa capela, um assassino impiedoso bateu de joelhos no chão diante da graça das escrituras. Porém, para mim, aquela ainda era uma fraca demonstração do seu poder. Os padres de nossa paróquia se contentavam com aquilo. Mas sabia que o mundo tinha de ser conquistado; que a palavra do nosso senhor tinha de ressoar por todos os cantos do planeta e mostrar aos selvagens e ímpios, o lado despedaçado da condição humana. Mas os nossos representantes se contentavam em dar sermões a rebanhos domesticados. Não arredavam os pés da nossa comunidade. Não sabiam que a verdadeira força consistia em dobrar joelhos rígidos, especialmente de indivíduos confiantes de suas verdades, pois, quanto maior fosse o esforço utilizado para fazê-los se curvarem, maiores seriam os louvores ao verdadeiro senhor, e, por conseguinte, maior demonstração de graça e de força o evangelho iria por em evidência.

Era isso, afinal, reinar sobre o mundo. Conquistar e reinar. Insatisfeito com a falta de ousadia e com a fraca demonstração de fé por parte dos padres de nossa comunidade, passou pela minha cabeça, ocupar um de seus lugares, afinal, se eles estavam investidos e capacitados para professarem a fé e a palavra de nosso salvador; por que não eu? Era certo que tinham mais idade e mais experiência, mas é certo também que a velhice enfraquece o corpo e com ele os ideais. Viço para tanto eu possuía. Além disso, a força da minha fé era incontestável.

Naquele tempo, confesso: adquiri o hábito de entrar escondido no aposento de nosso abade e vestir-me com sua batina.

Diante do espelho de um guarda-roupa velho, simulava seus gestos cerimoniais, antes dos ofícios habituais de domingo. Meu contentamento – se posso assim exprimir – não pertencia a este mundo, ou ao menos não se dirigia a ele. Só pensava no quão gratificante seria minha recompensa no reino de Deus. Ao ver-me adornado com todos aqueles panos estampados com crucifixos e cálices dourados, imaginava-me em lugares distantes; em partes do planeta onde ninguém desejava por os pés; em zonas perigosas, onde a fé pagã não perdoava e tratava com violência os educadores da verdadeira religião. Minha missão, julgava, baseava-se em convencer esses bárbaros a abandonarem seus falsos ídolos e a louvarem o verdadeiro senhor. Ungiria o mundo inteiro com o seu azeite e expulsaria dele os males do pecado. Ah! Mas vou contar-lhes um fato engraçado ou extraordinário (elejam-no como quiser). Todas as vezes que entrava escondido no aposento do abade, uma expressão descontente me olhava do alto.

Quando dei por ela...

Acima da minha cabeça, no alto do espelho, um Cristo crucificado, talhado na madeira, dirigia-me o cariz mais penoso e dolorido que já presenciei em toda a vida. Aquele Cristo, decerto, fora esculpido pelas mãos do artista mais triste que passara sobre a superfície da terra. Seu rosto tombado para um lado, com as pálpebras cerradas, dizia-me algo que a princípio não conseguia entender. Quanta dor! Quanto sofrimento! Cheguei mesmo a chorar diante daquele Deus vitimado. Sua expressão abarcava não só as dores do mundo; continha também um dizer especial para mim.

Subitamente, compreendi tudo.

Havia me desvirtuado e não tinha dado por isso.

Bastava olhar-me diante do espelho, satisfeito com a pompa e a autoridade investida pelo traje, para saber que tinha sucumbido às tentações. Perdera o guardião implacável do meu credo: a vigilância.

A estatueta de madeira fizera-me recordar que, somente o sofrimento despossuído de glórias, era capaz de conduzir-me à verdadeira remissão.

Devo confessar que continuei entrando escondido no quarto do pároco, mas agora, ao invés de vestir-me de glórias e de sonhos, inspirava somente o sofrimento que aquele rosto me dirigia. Todas as vezes que me sentia envaidecido, prostrava-me diante daquele semblante envernizado.

Foi quando tudo aconteceu, quando tive minha revelação.

Hoje, julgo obra da imaginação, mas naquele instante, achei mesmo que Deus se comunicava comigo. Em vez de encontrar a expressão martirizada de sempre, reconheci naquela face amortizada meus próprios traços. Meu rosto estava impresso na madeira. O nariz pequeno, o queixo fino, a cabeça de rapaz. Tudo! Assustado, abandonei o quarto às pressas, mas à noite, ruminando o significado da mensagem, cheguei a um veredicto: eu era o novo cordeiro de Deus destinado a absolver os pecados do mundo.

Mas como faria isso?

A resposta, veio-me em seguida.

Deveria ser sacrificado, ou então, sacrificar-me.

Estava destinado a grandes coisas, sabia disso, e se morrer não era o acontecimento mais significativo na existência dos homens, sacrificar-me por eles, sim, o era. Não havia dúvidas. Que exigências podia exigir do meu senhor? O rosto do seu filho assassinado era o meu rosto jovem. Minha existência devia ser sacrificada para salvar o mundo. Precisava pôr-lhe um fim e fazer disso um espetáculo.

Espetáculo?

Sim.

No fundo, não desejava uma morte em vão.

Os vermes que devorariam o meu corpo não se fartariam de uma carne qualquer. Lembrava-me dos sermões de papai. "Uma linhagem com garra e perspicácia". Eu não era um garoto insignificante! Um qualquer! Era o filho e herdeiro de um grande homem que fizera prédios e construíra estradas por todo o país.

Uma ideia lampejante iluminou meus pensamentos como uma estrela guia, destacando-se em um céu estrelado de possibilidade:

"Dai a César o que é de César, e a Deus o que é de Deus".

Naquele instante, entendi tudo.

Todos os dias, meu pai dava emprego e punha pão na mesa de uma centena de trabalhadores. Livrava-os da fome e da miséria, e, sobretudo, ajudava no progresso da nação. Deus? O que dar a ele? Minha vida? O que receberia em troca? Não tinha certeza do que viria depois. Deus exigia suplícios e impunha penitências. Nos fazia cultivar uma fé de encargos mundanos e de recompensas celestes. E tinha mais, assaltou-me de chofre uma ideia (lá estava ela novamente, minha estrela guia, emitindo seus raios): "sacrificar-me não seria pôr em risco o ganha-pão e a vida dessa centena de trabalhadores?".

Herdaria os negócios de papai. Tornar-me-ia responsável por dar continuidade aos seus investimentos. Matar-me era liquidar com tudo, pois a linhagem libertina de meus tios transformaria o império da família em luxo e luxúria.

"Dai a César o que é de César, e a Deus o que é de Deus".

O seu brilho radiante cruzou novamente o céu nebuloso das possibilidades.

Muito bem. Continuava destinado a grandes feitos, todavia, não precisava sacrificar-me e era melhor assim. Poderia colher frutos na terra e não teria necessidade de explicar meus sacrifícios a terceiros, pois o pão estaria na mesa do meu próximo, e ele veria sorrir, todos os dias, a sua criança nutrida e bem alimentada. Não! Não tinha dúvidas de que era especial. Apenas me equivocara quanto ao caminho. Não estava destinado ao reino dos céus; a terra era tudo o que me pertencia. Aqueles padres haviam me enganado, extraviado meu caminho. Graças a minha estrela guia pude voltar a ocupar o lugar ao qual estava predestinado.

Por aqueles tempos, eu estava na casa dos dezesseis anos. Livrar-me da batina, ao contrário do que possa parecer, não refrescou o meu corpo, senão aumentou ainda mais sua ardência. Mas isso são outros pormenores, por agora, quero apenas fazer a seguinte observação:

Em vez de tornar-me Cristo, tornei-me César.

3

Depois de uma breve exposição, digamos, até certo ponto, íntima de minha vida, pode lhes parecer suspeito que ainda não tenha revelado minha identidade. Não foi por acaso, negligência ou indelicadeza, que me ocultei de vossos juízos persecutórios. Sei que muita gente fica intrigada com a falta de um nome, de um cargo, de uma posição ocupada na sociedade, de qualquer vestígio que permita ligar as palavras daquele quem fala ao que fala, e, com isso, tecer julgamentos a despeito da verossimilhança do seu relato. Quem daria importância às palavras de um mentiroso, não é mesmo? Mas acreditem, senhoras e senhores, se ainda não o fiz, foi por motivos elevados. A vida de um punhado de homens depende da minha idoneidade moral. A função que hoje ocupo, de maneira alguma, pode se ver ligada a excessos, mesmo que estes tenham sido cometidos no passado. Sendo assim, se as façanhas aqui expostas forem reveladas a quem pertencem, tal atitude não afetaria somente a mim, narrador e ator dos atos, poria também na mira de nossa perversa opinião pública, todos aqueles que estão ligados à minha pessoa e que dependem de mim. Ademais, sabemos que não é desajuizado poupar figuras insignificantes, as quais se veem ligadas, às vezes, contra suas vontades, à força impetuosa dos seus amos. Pois bem. Melhor mesmo é expor-lhes imediatamente um determinado número de fatos.

Estes ajudarão vossas senhorias a compreenderem melhor porque sigo acobertando minha identidade. No entanto, daqui em diante, precisarei de um nome. Já sei! Disse que em vez de tornar-me Cristo, tornei-me César. De agora em diante, adotarei tal pseudônimo, que, aliás, é bem apropriado para referir-se a um homem como eu.

Muito bem. Se não fosse por esse nome sussurrado constantemente nas distrações da noite, talvez, tivesse esquecido quem eu era de verdade. "César, meu amor!"; "César, você volta amanhã?"; "Na minha casa ou na sua, César?". Escutava meu nome na boca das rainhas mais belas e depravadas de um reino anestesiante e libidinoso. Devo confessar-lhes que, após meu longo período de recalque – dedicado ao fortalecimento do espírito e à supressão da carne – lancei-me com tudo na libertinagem. Contudo, para não saltar e transformar essa narrativa num avançar e recuar vertiginoso, como se um Deus caprichoso avançasse os ponteiros do tempo a seu bel-prazer, sem se importar com as almas que necessitam da constância linear dos acontecimentos para sentirem-se esclarecidas quanto aos fatos, devo retroceder um tanto e explicar-lhes como tudo começou.

Vocês se lembram, senhoras e senhores, que dissera que meu pai havia sido o único dos filhos a herdar as qualidades do velho, e que seus irmãos consumiam suas vidas entre ostentações e luxúrias? Este pormenor não deve ser esquecido. Talvez, não o tenha enfatizado como deveria. Tendo falado tanto de uma parte de mim, acabei negligenciando a outra face da minha natureza, pois de *Janus*, todos temos um pouco. Pessoalmente, comigo, ocorreu-me de tomar conta da duplicidade do meu caráter de um modo um tanto peculiar e intenso. Quando papai falava que em nossas veias corria garra e perspicácia, creio que ignorava a outra composição do nosso sangue; nossa outra face. Só fui descobri-la mais tarde, quando tive de passar uma curta temporada na casa de um dos meus tios.

Este irmão caçula de papai, gordo e esparramado, era um depravado por excelência. Tinha se casado várias vezes, e, do matrimônio guardava somente as más memórias, as quais, purgava em cima de mim com seu hálito fedendo a uísque. Alertava-me do enfado e das chateações oriundas do matrimônio: "Depois de casado, um sujeito é obrigado a penetrar obedientemente todas as noites uma única mulher, isto é antinatural. Veja os leões, por exemplo, um só macho para várias fêmeas. Estes são os desígnios da natureza e de Deus; os homens pervertem tudo.".

Quando fui passar esta temporada na sua casa, ele andava bem chateado por causa do casamento. Sua última esposa, parecia ter sido a única a suportá-lo. Engraçado como essa mulher vivia de nariz em pé, olhando todos do alto com um ar superior, como se as criaturas ao seu redor não passassem de seres inferiores, não se aplicando a regra, é claro, ao meu tio, pois bastava este olhá-la de soslaio, com seu semblante furioso, para ela baixar as orelhas e colocar o rabo entre as pernas. Gravem isto: de quem mais apanhamos é a quem mais devemos obediência.

O amor não é mais débil que o medo?

Mas não percamos mais tempo com a figura pequena desta mulher. Não vale a pena. Voltemos ao meu tio, ou melhor dizendo, à revelação que ele me trouxe. Foi ele quem mostrou-me a outra face da minha natureza.

Falemos, então, do espanto que desfigurou-lhe o rosto temulento, quando soube, depois de responder uma pergunta sua sem quaisquer escrúpulos, que eu ainda era virgem. Primeiro, assustou-se e fez um estardalhaço idiota. Depois, se culpou, recriminando a falta de providência, pois sabia que eu vivia em um ambiente católico, e que papai não tinha atenções para questões desta natureza. Disse que não adiantava chorar pelo leite derramado, nem continuar queixando-se da minha lubricidade, sendo o certo, em tal ocasião, adianta-se o tanto quanto possível, coisa que o fez prontamente, levando-me, naquela mesma noite, a um cabaré de sua preferência.

Deliciosa casa. Exalava o perfume da mais sedutora e cândida nostalgia. Não por acaso, volta e meia, tenho corrimentos que contraí, creio, naquele antro tomado de cândidas doenças transmissíveis. Cândidas experiências! Rá rá. Senhoras e senhores, desculpem--me por esta minha torpe mania de brincar com o duplo sentido das palavras. Às vezes, sozinho – como estou agora em meu gabinete – sinto-me arrebatado pela mediocridade. Faço gracinhas e escrevo disparates apenas para vislumbrar os rostos de vossas senhorias desdenhando meu patetismo; imaginá-los me julgando tolo, enquanto escrevo essas notas, faz um sorriso ridículo brotar dos meus lábios. Deste deboche retiro a leveza que torna a empreitada de escrever esta narrativa menos fastidiosa e mais agradável. Enfim, cheguemos de obliquidades, que de voltas bastam as que nos impelem a vida; tornemos a falar das portas daquele paraíso guardado, não por anjos celestes, mas por criaturas com corpos agraciados às necessidades desmedidas do prazer; assim anunciava-me o profeta da embriaguez e da volúpia com seu bafo tinindo a uísque.

E então? E então que, naquele recinto povoado de espectros depravados, dedicados ao vezo dos instintos; sobre lençóis fortemente perfumados para disfarçar o odor forte de esperma e de suor de tantos outros desesperados que ali buscavam expulsar seus sofrimentos, que uma outra etapa de minha vida teve início. Não gastarei tempo descrevendo os pormenores de minha primeira noite ao lado duma mulher. É um acontecimento singular na vida de um homem, e bastante vexatório também. Em poucas palavras, ardi como um galho fino em chamas, de modo que, a partir de então, desejei consumir até o último centímetro de minha existência.

Tanto tempo de abnegações não podia resultar senão em anseios desmedidos. Mas, talvez, não tenha sido somente os resguardos as causas de meus consumos excessivos. Temos de descartar também a flor da idade. Isso seria oferecer aos vossos espíritos exigentes um aclaramento de pouca envergadura. Se chegaram até aqui creio que vossas senhorias possuem uma singularidade especial, dessas que não se sentem saciadas com obviedades e clarezas, sendo assim, não poderia dizer apenas que era jovem, e, que por isso, agia imprudentemente. Não! Nessas notas não há nada claro. Lembremos que estamos lidando com um espírito controverso, imerso na brusquidão das adversidades e no erotismo de noites inebriantes.

Mas antes, deixemos claro uma coisa.

Sabemos que, sendo jovem, é comum atirar-se sem quaisquer precauções ao olho do furacão. O espírito imaturo clama pela liberdade. Esta, sendo inexistente, acaba substituída por fruições momentâneas. Mas ao contrário do que possa parecer, alguns espíritos imaturos, por mais rebeldes que sejam, ainda guardam um lume de esperanças; uma frágil ilusão de que, com o passar do tempo, compreenderão melhor o mundo, e, por conseguinte, saberão movimentar-se nele dispondo de certa espontaneidade. Ainda lhes restam esperanças! Por isso, a maioria desses jovens, com o passar do tempo, vão tornando-se cada vez mais resguardados; acabam recusando o fim despedaçado dos espíritos esclarecidos com a falta de liberdade. São fogos de palha! Queimam regularmente e fazem fumaça, no entanto, tendem inexoravelmente a se apagar.

Eu, entretanto, era o próprio furacão, meu próprio combustível.

Não haviam esperanças para mim.

Não ansiava a liberdade, na verdade, ainda hoje não acredito que ela exista. Trata-se de um consolo tolo, digno aos aspirantes de utopias ocas. Por não poderem suportar uma realidade cosida à medida para suas existências, acabam desesperados. Ignoram as estruturas impostas pela história e encontram subterfúgio na mais medíocre aspiração, ou seja, aquela que quer cortar o elo entre as causas e os efeitos. Desmitifiquem algum desses sujeitos que se dizem livres e detentores do poder de escolha, e vos asseguro que assistiram tais figuras participando de uma corrida ensandecida, cuja marca de chegada seria um precipício, pois o fim desse páreo só pode conduzir o homem à loucura ou ao suicídio. Muitos tornaram-se loucos ou se mataram, porque gritaram aos quatro ventos que eram livres, e depois não puderam suportar o peso real de não o sê-lo. Afirmo categoricamente que não há liberdade concomitante à morte. Esta é a única senhora e detentora do mundo. Marca seu compasso e determina as regras que delimitam nossas ações. Somos somente atores infelizes atuando conforme o *script* de um dramaturgo macabro e sinistro. Ó, que desfecho terrível nos aguarda, senhoras e senhores.

Pois bem. Sabendo do meu destino, não me importava com o que o tempo me guardava. Estava destinado a grandes realizações. Portanto, não me resguardava de forma alguma, minha consciência não bulia à toa, a carne sim, rugia de fome. Era uma criatura maculada há gerações. Também estava destinado a isso. Tinha escutado tantas histórias familiares carregadas de vícios e excessos, que não podia crer no contrário. Bastar-lhes-ia descrever como meus tios levavam suas vidas, e vossas senhorias chegariam à conclusão de que, afinal, no nosso sangue, havia mais do que garra e perspicácia, muito mais, havia disposição ao jogo, à bebida, ao sexo desenfreado, à infidelidade e tantas outras ignomínias.

Depois do convívio com este tio, passei a frequentar noites de esbórnias alucinantes. Ó, tempos imemoriáveis; vivia rodeado de rostos delgados e belos, cobertos de maquiagens pesadas que se desfaziam entre tragos e aspirações de cocaína. Ah! Noites que já se vão longe, e ainda as recordo como se as tivesse vivido ontem. Fixaram-se em mim como um tumor benigno. Algumas mutações devem ter produzido no meu caráter. Por falar em caráter... Os ocupantes que se sentavam na minha mesa, nos bares ou nas boates, usufruindo do bom e do melhor – pois sentia grande prazer servindo aquelas criaturas abjetas com tudo o que o dinheiro podia comprar – não deixavam passar uma só ocasião sem que me enaltecessem o espírito. Não havia pessoa mais caridosa e virtuosa do que eu, diziam-me aqueles homens e mulheres estropiados pela bebida.

Tais criaturas possuíam uma sedução torpe que, às vezes, tinha vontade de desalinhar utilizando a violência. Mas não me irritavam suas falsidades. Não era ingênuo a ponto de não saber que, aqueles elogios, eram pagos com as rodadas que eu fazia descer por suas goelas ou pela cocaína aspirada por suas narinas, fruto do meu dinheiro. Não se tratava disso. Sentia-me irritado com a persistência com que me diziam que eu tinha um caráter incrível, e também com a minha fraqueza moral, pois, em certos momentos, acabava acreditando neles.

Que caráter!

Alguns podem achar-me desprezível por ter comprado atenções e elogios, mas, afinal, não acabamos sempre desembolsando algo como moeda de troca? Há, no mundo, relações que não sejam simples negócios? Algumas são bem mascaradas, admito. Cheias de pudores e de sentimentalismos. Peguemos o amor, por exemplo. A prosperidade deste negócio depende exclusivamente de um satisfatório intercâmbio. Analisem! Se uma das partes se sente lesada, porque acredita estar dando mais do que recebendo, ou, que o objeto oferecido pelo outro não a satisfaz mais, a relação caminhará para um desquite inevitável. Falemos também da filantropia. Desta aspiração nobre que não passa de uma compensação paliativa para contrabalançar a avareza e a vaidade humana. Gostaria de ver aquele que repartiu o que tinha e não sentiu uma soberba alegria transbordar-lhe dos olhos. Rá rá. Eis sua compensação. Alguns dizem que é preciso dar sem olhar a quem; podemos até fazer o bem sem olhar a quem, no entanto, sabemos muito bem onde é que o orgulho e a vaidade vão aflorar sob o manto disfarçado da caridade; quem nunca se sentiu satisfeito ajudando o próximo? Somos dominados por uma estranha sensação de redenção e nobreza, não é mesmo? Que orgulho, senhoras e senhores, que orgulho! Destarte, se no homem houver mais do que interesse na sua satisfação pessoal, por favor, me mostrem, escrevam livros e aclarem os motores que movem o mundo. Mas não utilizem o amor, a solidariedade, a moral, a fraternidade, nem tampouco a liberdade; estas palavras denotam significados que não passam de interesses privados dissimulados.

Primeiro eu, depois, quem sabe, o outro.

Mas que importa tudo isso, afinal?

Voltemos a mim.

Dinheiro nunca me faltou, portanto, não economizava recursos para obter a adoração e a servidão que me apetecesse. Pagava diretamente por minhas necessidades e, por um certo período, senti-me satisfeito com este tipo de negócio, mas, como todos devem saber, o homem é complexo demais para se contentar com caminhos sem sinuosidades. Passado algum tempo, cansei de matar a sede diretamente na fonte e acabei deixando de frequentar os prostíbulos de minha cidade. Alonguei o percurso desviando-o por uma floresta densa e escura. Só consigo descrever este lugar como uma sauna sufocante, cuja umidade sugava-me a vitalidade ao tempo que me devolvia um cansaço pesado e voluptuoso. Não perderei tempo descrevendo este cenário, ele pouco importa. Mas as criaturas do seu habitat, sim! Estas merecem a nossa atenção.

Tais personalidades não passavam de animais peçonhentos habituados a copular. Ao menor descuido, eram capazes picarem o próximo com um ferrão venenoso, cuja ponta transmitia uma toxina paralisante e mortal. Ah! Bando de bichos sem vergonha! Só se preocupavam em gemer e falar disparates. Pouco propensos a tratarem de questões sérias, ou, por preguiça intelectual, ou, por possuírem uma natureza desprovida de sapiência, contentavam-se com banalidades e mesquinharias. Mas o mal maior não é a burrice, é senão portar-se como um néscio sem se dar conta disso. Muitas vezes, acontecia nestas noites, de uma moça bem vestida ou de um jovem metido a conhecedor da natureza humana, utilizar um retoricismo vulgar para tratar de questões profundas; embromavam discursos; tornavam-se loquazes, e alguns deles, com um copo de uísque na mão, chegavam mesmo a berrar a resposta para os problemas da humanidade. Entretanto, bastava aguçar um pouco a audição, para notar que todo aquele falatório não passava de uma cretinice absurda, cujo objetivo visava levar uma moça para cama ou difamar alguém pelas costas. Como se não bastasse, era incrível como aquelas criaturas transitavam com facilidade de terrenos arenosos para lugares regulares; muitas vezes, da fome no mundo, sem mais nem menos, trocavam de assunto e falavam da moda e do desportismo de nosso país; aí, então, não faltavam reclamações, advertências e imbecilidades sem fim.

Descuidar-se-ia um pouco e um sujeito era jogado na lama fedorenta daquele chiqueiro social em um segundo. Calúnias, difamações e comentários obscenos espalhavam-se por todos os lados como armadilhas. Julgo que o perigo de sermos apanhados em cheio por tanta abjeção, dava aos nossos corações amortizados com uma rotina diária e enfadonha, a emoção necessária para baterem com ímpeto e gritarem: vivam! E nós vivíamos, embriagados, participando de orgias; satisfazendo-nos com prazeres imundos que só a vulgaridade podia proporcionar. Chegávamos a dançar noites inteiras, indo, de quando em quando, aos banheiros, mastigar comprimidos ou entupir as narinas, enquanto nos sentíamos cada vez mais insatisfeitos com a vida. As luzes fluorescentes nos cegavam, e a música eletrônica marcava o ritmo de nossos corações agitados cada vez mais pela angústia da morte. Só encontrávamos a paz e o alento no cerne do fervedouro, mas esse estado de espírito em transe, só durava enquanto o globo de luz girava vertiginosamente, seguido do som a todo vapor. Depois, as luzes se apagavam; fechavam-se os portões, e a inquietude e a agonia voltavam a se impor com maior força. Aí, o movimento eletrizante tinha de recomeçar, por isso, já bastante tarde, terminávamos nossas noites em quartos de motéis luxuosos, olhando-nos diante dos espelhos, ao passo que a ação dinâmica dos nossos corpos, entrelaçados num coito selvagem e mortal, nos fazia sussurrar gemidos que ecoavam por todo o aposento – banhado ao mesmo tempo por uma languidez e uma inquietude – cujo som levavam-me a me perguntar se eram sinais de prazer ou de dor o que eu ouvia naquela alcova faustosa e sinistra.

Esse modo de vida desenfreado e violento enchia-me de um arrebatamento e de uma exaustão que cheguei a julgá-los os únicos mistérios do mundo e da vida. Mas no dia seguinte, tudo se esvaía; a exaustão; os mistérios; os arrebatamentos; tudo!

Então, lançava-me novamente atrás de uma nova noite mais intensa e capaz de durar toda uma eternidade. Obviamente, o meu corpo não aguentou tanto frenesi. Com o tempo, passei a utilizar substâncias para vencer o cansaço de minha condição mortal. Rá rá! Não tardou e veio-me os excessos. Brinca-se de tornar-se Deus e acaba tornando-se o mais medíocre dos homens. Passei a contemplar minhas alvoradas na sarjeta, ao lado de criaturas ignóbeis que hoje tenho vergonha de rememorar. Ao fim, não era mais o belo Dionísio desfilando pelas ruas da cidade ao lado de suas ninfas exuberantes, era, senão, um pulha esfarrapado; um viciado qualquer mais morto do que vivo. Penso cá comigo que, de tanto correr desesperado atrás da imortalidade, desabei fatigado distante do paraíso, bem distante mesmo. Pois bem. Não há muito o que falar sobre esse período, somente que uma lassidão e um delírio estiveram a ponto de desviar-me do meu futuro grandioso. Não estava destinado a grandes coisas?

Senhoras e senhores, digo-lhes que, apesar de todo o burburinho daquelas madrugadas, ainda assim, ainda assim, algo silencioso continuava se movendo dentro de mim: "um grande homem, um sujeito singular", me dizia uma voz interior, mais potente do que todos os ruídos do mundo externo.

Nada, absolutamente nada, estava à altura de minha convicção.

No entanto, essa singularidade exigia muito de mim. Eu tinha de ser o melhor. Aquele que todos deviam admirar e invejar. Meus traços regulares e minha lábia apaixonante conquistavam com facilidade. Sabia desarmar todos com meu sorriso vulgar e minha sensualidade cativante. Mas apesar desta harmonia exterior, meus interlocutores nem faziam ideia da angústia e das inquietações que me atormentavam por dentro. Nisso, explodia numa cascata de fogos de artifício e transformava o meu desalinho interno em puro espetáculo.

Buscava desesperadamente o pódio, mas sabia que, na devassidão, não havia o que conquistar; tudo encontrava-se perdido de antemão, ofuscado por um feitiço extasiante e ao mesmo tempo anestesiante. Em resumo, a libertinagem é um jubiloso letargo, eis tudo. Porém, mesmo assim, precisava ser admirado em meio àquela maledicência. Ah! E vossas senhorias tinham de ver como eu dançava freneticamente, alucinado, sentindo a fluidez do meu corpo formar em torno de mim círculos atraídos pelo meu magnetismo cativante. Não bastasse, minha força também impressionava. Às vezes, seduzia mulheres comprometidas apenas para subjugar seus fracos amantes. Metia-me em todo tipo de confusão apenas para atrair as luzes do holofote.

Dentre todas estas transgressões, havia uma que mais me dava prazer: conquistar as mulheres dos meus amigos. Quanto mais estáveis eram suas relações, mais gostava de destruí-las. Habitualmente, nem chegava a deitar-me com suas amantes; descartava-as assim que as conquistava. Não era a volúpia sexual o que me interessava naquelas conquistas, era senão a mensagem que ela proclamava: "tudo o que desejares, serás teu".

Os excessos serviam-me de exibições. Diante de tudo o meu "eu" devia elevar-se, prevalecer; somente a ele devia explicações. Mas numa bela noite, sem mais nem menos – talvez por causa desses pensamentos absurdos que nos chegam à cabeça subitamente, como trovões isolados num céu limpo – compreendi, enfim, que não eram os discursos entusiastas de papai, já sem significado diante daquela minha realidade dispersa, nem tampouco o desejo de realizar grandes coisas, o que conservava em mim, aquela noção de superioridade, era sim, um desejo de eternidade, uma vontade latente de não extinguir-me, e, sendo isso impossível, desejava ao menos que não se esquecessem do meu nome, nem da minha beleza encantadora.

Há de ser isso uma contradição, vocês hão de concordar comigo. Era sobretudo o amor-próprio o responsável pela minha própria degradação. Sendo impossível conservar-me belo e jovem para sempre, lançava escárnios contra minha condição, depravando-a o tanto quanto me fosse possível. Pensava que se todos os homens estavam destinados a serem esquecidos e enterrados, e contra isso não adiantava lutar, só nos restava brilhar enquanto fosse possível. Eis tudo. A terceira composição do meu sangue era-me então revelada; além de garra e perspicácia, havia, sobretudo, e acima de tudo, ORGULHO em minhas veias.

A essência da minha natureza era o orgulho. EU e nada além de EU mesmo. Todos os grandes feitos que acreditava estar predestinado, não passavam de uma angústia esmagadora por reconhecimento. EU me amava demais para desejar outra coisa que não fosse esse amor-próprio.

O subterfúgio da libertinagem não me serviu de válvula de escape, como costuma acontecer com certas personalidades dândis, que buscam na vida libertina – devido à impossibilidade de salvarem-se – a autodestruição. Não! EU não era fraco e covarde. A bem-dizer, a libertinagem e seu submundo – como vossas senhorias hão de notar – serviram-me, em realidade, de pano de fundo, onde podia testar-me livremente, sem quaisquer limites, pois, nas altas horas da noite, pagando-se, em alguns casos, se pode ir além do permitido.

Até onde ousaria ir pela singularidade do meu caráter? Até onde iria para tornar o meu EU imortal?

Até onde, senhoras e senhores?

4

Interrogações e tanto, não acham? Certa vez, ouvi da boca de um sujeito pérfido, que se enganava vestindo-se de cordeiro, quando, na verdade, possuía a natureza feroz de um lobo sanguinário – e aqui deixo claro que estas criaturas representam o pior da raça da humana, pois ao contrário dos dissimuladores usuais, aqueles mentem para si – que a vida eterna nunca foi a real ambição do homem. Segundo ele, bastava ver quantos haviam se sacrificado ou aceitado morrer por causas nobres e superiores para provar o que me dizia.

As palavras, como alguns acreditam, nunca serão capazes de descrever a realidade que nos cerca, até aí, compartilho da mesma opinião, contudo, ao ouvir o que este sujeito me dizia, cheguei à conclusão de que as palavras, senhoras e senhores, como poucos sabem, são os instrumentos mais eficazes utilizados pelos homens para dissimularem suas verdadeiras ambições.

Captem o desespero por reconhecimento encoberto de compaixão nos discursos humanistas proclamados, hoje em dia, pelas bocas democráticas e pelas bandeiras da liberdade, e analisem o quanto de vaidade e de anseio por eternidade há neles. Digo isso, mas não os reprovo, afinal, por mais tímidos que possamos ser, todos aspiramos, em maior ou menor grau, a um lugar no palanque chulo onde se desenvolve o espetáculo da vida.

Se digo que a vida eterna nunca foi a real ambição humana, somente isto não me dá o direito de assegurar que a morte não é nossa maior fonte de medo. Nunca encontrei alguém que desejasse morrer a ponto de extinguir-se por nada (enquanto que viver, muitos vivem por nada e para nada), a não ser, é claro, suicidas, que abandonam tudo, justamente, por falharem nesta busca por reconhecimento. Há também figuras desesperadas que almejam uma morte – vale ressaltar – o tanto quanto mais brutal e injusta possível, pois assim simulam coroar a supremacia de um valor supra-humano e transcendente, como a liberdade e a igualdade, por exemplo, quando, na verdade, já sabemos o que desejam: querem coroar-se a si mesmos.

O que vale é o espetáculo!

Alguns ainda poderiam argumentar, "e aqueles que, nos cativeiros, morreram no anonimato, cientes da ausência de um esplendor; esqueceu-se deles?". Em primeiro lugar, se estas figuras foram capturadas com a necessidade de serem eliminadas às escondidas, com certeza já gozavam de certo tipo de reconhecimento, e só isso lhes garantirá um mínimo de palanque. Depois, vos digo, mais vale algum reconhecimento, nem que seja o do verdugo, do que nenhum. Mas desejaria ver mesmo alguém se sacrificar ou aceitar morrer, de consciência tranquila, por uma coisa banal – não falo de motivos odiosos, pois existem aqueles que querem ser lembrados por suas ignomínias – mas sim, em virtude de algo esdrúxulo, torpe, gratuito. Ainda assim existiria a possibilidade de tal acontecimento não passar despercebido, por causa de seus motivos ridículos. Mas valeria a pena correr os riscos? Veem aonde quero chegar? O reconhecimento é tudo, e a imortalidade consiste justamente nisso, em jamais ser esquecido. Ah! Sempre existe a esperança de algum dia ouvirmos nossos feitos sendo narrados nas mesas dos bares, nos círculos intelectuais ou em rede nacional. Sendo isso impossível, ao menos que sejamos lembrados por algo postumamente. Para terem noção da pouca exigência de algumas almas, só a ideia do discurso lisonjeado em torno do ataúde fechado, na ocasião de sua morte, já é motivo para certas criaturas continuarem vivendo e agindo segundo suas convicções.

Mas fiquemos por aqui e tornemos à narração do meu relato, antes que vossas senhorias o abandonem e voltem para suas preocupações diárias, coisa que, em nada os reprovaria, afinal, somos sempre mais interessantes do que os outros.

Assolado, então, pela dúvida, (até onde tinha coragem de ir para dar mostras de minha excepcionalidade?) lancei-me desesperado atrás de respostas. Fechei-me em meus pensamentos em busca do sábio professor que ignoramos justamente por demonstrar – arrancando do fundo da consciência – nossas verdadeiras necessidades. Em suma, silenciei-me e afastei-me do mundo externo. Mas não pensem que me isolei; continuei vivendo intensamente dentro daquela bolha flutuante e pegajosa, onde o barulho e a agitação nunca cessavam, todavia, nunca em minha vida, estive tão isolado e absorto quanto naqueles dias. Via e ouvia com clareza tudo ao meu redor; a música continuava alta; as bocas não paravam de se movimentarem; os rostos nunca tinham estado tão eufóricos e reluzentes. Era somente eu que estava e não estava ali.

Ocasionalmente, tinha a impressão de estarmos velejando e festejando em alto-mar. O iate avançava rente ao promontório, enquanto dançávamos freneticamente à proa, todos nós, entorpecidos de luxúria e êxtase. Mas de repente uma bruma densa nos apanhava em cheio, fazendo com que todos sumissem, então, ficava sozinho, de copo em mãos, avançando sem saber em qual direção estava indo. Não via o que tinha ficado para trás, nem o que ainda teria de romper em adiante; meu mundo recobria-se com um espesso nevoeiro e não restava-me outra coisa a fazer, a não ser continuar ouvindo a música alta e a pergunta que teimava em não calar "até onde eu tinha coragem...?"

Certa noite, como já esperava, tudo se cobriu definitivamente de nuvens e fiquei completamente só.

Subitamente, um nevoeiro frondoso entrou-me pelas narinas e turvou meu espírito. Sem saber como, fui lançado ao meu passado. Entre uma bruma compacta, consegui me ver ainda menino, afogando na pia dos fundos da casa, um gato filhote. Com ambas as mãos, submergia-o com deleite vendo o seu desespero, ao passo que ele me arranhava com suas garras e tingia a água salobra da pia com o vermelho vivaz do meu sangue excepcional. Eu trazia-o de volta à superfície, quase desfalecido, e tornava a reanimá-lo; depois, repetia o gesto, sentindo aquele prazer tornar-se cada vez mais intenso, pois cada vez que o trazia de volta à vida, uma esperança tênue parecia tomar conta dos seus olhos esmorecidos, aí então, ele lutava com maior afinco, tentando livrar-se de mim. A dor aguda provocada por suas mordidas e arranhões, somado à consciência de que sua vida dependia exclusivamente de mim, enchia-me de um regozijo sem limites. Alguns podem achar isso um disparate, mas quando a bruma se dissipou desanuviando-me o espírito e trazendo-me de volta à *realidade*, encontrava-me num quarto de motel, sobre uma prostituta, cujo corpo nu lutava violentamente tentando livrar-se das minhas mãos que a enforcavam impetuosamente. Esperneava-se e arranhava-me com suas unhas pintadas, enquanto tentava livrar o pescoço; o seu rosto, coberto com uma maquiagem pesada, tinha se tornado um cariz de gato. Ah! Até onde eu tinha coragem de ir? Soube, naquele instante. Até onde o prazer e a dor se misturavam; até onde não era mais possível distinguir o esperma do sangue, a vida da morte. Enquanto aquela mulher – que eu não sabia o nome, nem tampouco donde tinha surgido – tentava livrar-se de mim, violentava-a, penetrando-lhe com o furor de um cavalo no cio. Afrouxava as mãos envolta do seu pescoço macio, tentando manter o ritmo, nisso, ela recobrava alguma energia e debatia-se feito o gato filhote. Depois, tornava a estrangulá-la com intensidade e o prazer aumentava, aumentava e aumentava. E o ato foi se repetindo até, por fim, fertilizá-la com um filho bastardo, que ela provavelmente purgou na manhã seguinte com ajuda de contraceptivos. Desfalecida sobre a cama, só conseguia contemplar nos seus olhos semicerrados, o medo profundo e passivo diante de uma força poderosa. Ainda hoje, não sei se tudo aconteceu assim ou se estou misturando realidade com ficção. O certo é que a abandonei semidesperta na cama; não antes, é claro, de deixar-lhe uma gorjeta gorda, destinada a sanar eventuais constrangimentos.

Vossas senhorias não vão se espantar quando lhes disser que, a partir de então, tornei a pagar diretamente pela satisfação dos meus prazeres, mas não como antes. Agora estava atrás de satisfações capazes de despertarem meu poderio desprezível.

As prostitutas, a bem-dizer, tinham então de aturar minha fome insaciável por sexo e o meu desejo em açoitá-las e fazerem--nas sofrer. Precisava libertar-me da minha dúvida asfixiante e os seus corpos sensuais eram como uma vastidão sem limites, de onde retirava prazer e coragem para seguir adiante. Buscava neles, desesperadamente, as respostas que tanto inquietavam-me. Passou pela minha cabeça que se compreendesse melhor a satisfação retirada das agressões e violações às quais as submetia, talvez fosse capaz de descobrir o meu verdadeiro caminho.

Devo confessar também que tudo aquilo parecia-me um jogo arriscado, desses em que brincamos com a morte. Todavia, diferentemente da roleta russa, por exemplo, não era a minha existência que estava em perigo, era senão a de terceiros. Mas no fundo, isso dá no mesmo. Aquele que aceita morrer de espontânea vontade num jogo de sorte, livra-se igualmente dos pudores que impedem o indivíduo de viver plenamente, assim como aquele que aceita matar gratuitamente. Aqui, o suicídio e o assassinato convergem numa mesma volúpia pelo sombrio, embora as consequências sejam distintas. Mas nos concentremos no seguinte raciocínio. Um sujeito põe a arma na cabeça, atira, e escuta apenas o *clic* do revólver. Em seguida, diz para si, "escapei por um fio, de agora em diante, nada mais me será um estorvo; posso ir além de qualquer limite, já que venci o maior deles, isto é, a morte, pois aceitei-a plenamente e de livre e espontânea vontade". Quase a mesma coisa eu me dizia, quando tinha diante de mim, uma garota de programa algemada. Batia-lhe violentamente e pensava "posso matá-la aqui mesmo, e de agora em diante, nada mais me será um estorvo, pois superei o maior e mais superestimado dos obstáculos, isto é, o valor supremo que dão à existência, ao torná-la indiferente para mim".

Em ambos os casos, não existem mais escrúpulos, embora admita que em virtude de vieses distintos, mas vejam, tanto o amor desmedido pela vida (desperto pela superação do medo da morte) como a total indiferença para com ela (apatia comum entre aqueles que a qualquer instante podem ceifá-la injustificadamente) conduz, posto o exemplo, a uma consequência similar. Era atrás dessa superação que eu estava; desejava suprimir quaisquer obstáculos que me afastavam da plenitude, como se esmagasse a um percevejo insignificante; era dela que necessitava para dar o meu primeiro passo rumo à escalada que culminaria na glória e na eternidade do meu nome.

Eis então o meu espírito singular, nascido da repulsa dirigida à morte e da insatisfação para com a vida. Essa dualidade confusa era-me libertadora, tal qual só o prazer egoísta pode ser. Mas se digo libertadora, não confundam isso com liberdade, já disse que não acredito no livre arbítrio. Entendam libertadora, porque só a si estava obrigada, não devendo, portanto, explicações nem tampouco submissões ao que quer que seja.

"Até onde eu tinha coragem de ir?".

Atrás dessa resposta, marchava atormentado por ruas escuras e desertas, dirigindo ao léu e embriagado pelo desespero. Recolhia, às vezes, em esquinas sórdidas, outras vezes, em prostíbulos de luxo, formosos seios que adocicavam-me a boca, ao passo que os mordia violentamente e destroçava-os em bagaços. Destruía, concomitante à sensação de gozo, meus objetos de deleite; eis a contradição que buscava entender. Esse prazer emporcalhado era o único capaz de satisfazer-me e acreditava que ele me preparava, de certo modo, para o meu futuro notável.

Mais uma vez estava com a razão.

Tudo ocorreu numa noite. Ou já era dia? Não! Agora me lembro bem, a madrugada imperava como senhora solitária sobre um mundo mórbido e despovoado. Hão de perceber que acabei dando um passo sem volta. Certos acontecimentos, raríssimos, assim como este que descreverei, marcam para sempre, pois suas consequências nos transformam profundamente. Assim sendo, se tal ação não houvesse acarretado as consequências que acarretaram, hoje, muito provavelmente, não ocuparia a posição que ocupo, nem tampouco escreveria esta narrativa. Pensei em começá-la com tal episódio, mas tantos assim já o fizeram, que optei por um linear mais tradicional e contínuo, pois, de novo, temos tanto quanto de velho. Ah! Mas vamos por partes, ou também me perco no embaralhar dos meus pensamentos.

Até agora é de conhecimento notório que me servia sempre e sem repreensão dos corpos dessas mulheres, cuja profissão, sabe-se bem, está no topo das mais antigas do mundo. Algumas aceitavam anteriormente o trato que as esperavam, desde que se pagasse bem por ele, é claro. Mas eu andava atrás de transigências, não de negociações, e tinha mais, não chegava nem de perto o prazer que sentia em açoitar uma prostituta pega desprevenida, durante o ato sexual, se comparado ao de socar um rosto ou arrancar um mamilo oferecido em troca de dinheiro. Mas com o passar do tempo, fui ficando conhecido nas casas noturnas – tanto nas de luxo quanto nas ordinárias – e tamanha era minha fama terrível, que nem mesmo as vagabundas da sarjeta tinham mais coragem de entrarem no meu automóvel ostensivo. E para piorar, era fácil distinguir-me entre seus clientes habituais; um jovem belo e bem-sucedido não passa despercebido na dispersão libertina das noites. Sendo assim, bastava baixar o vidro do automóvel para elas sumirem às pressas por esquinas oblíquas e escuras.

Meu desespero voltou a crescer.

Imaginem!

Além das perguntas de sempre, agora, me inquietavam também as agitações da carne, pois não tinha mais onde satisfazê-la. Paciência para ir atrás de relações convencionais não possuía; além disso, a vida era tênue demais para ser desperdiçada dando voltas e revoltas, logo, não me restou outra opção, senão a de transpor quaisquer limites que se interpusessem entre o outro e a satisfação do meu eu.

Se forcei prostitutas a manter relações comigo?

Respondo.

Obrigava-as apontando-lhes a mira de um revólver – que guardava comumente no porta-luvas – a entrarem no meu carro, e depois as violentava em terrenos baldios ou em lugares ermos. Não me estenderei neste assunto. Falarei apenas de um caso que, a meu ver, é o mais significativo dentre eles.

Tudo ocorreu, como já disse, na alta madrugada, num lugar indecoroso que descobri lendo ocasionalmente um jornal policial. Por ironia do destino, esse lugar ficava próximo à esplanada dos três poderes de nossa cidade. Era uma praça a céu aberto, onde as pessoas iam explicitamente em busca de sexo sem compromisso. Um local frequentado por depravados e sem vergonhas.

Interessado e curioso com a descrição jornalística daquela Sodoma ao ar livre, decidi, certa noite, embora receasse que poucas, ou, nenhuma mulher, ia àquele abatedouro, averiguá-lo de perto com meus próprios olhos. Não me sinto à vontade em confidenciar-lhes isto. Tanto de noite quanto de dia, se podia divisar com facilidade, corpos devorando-se abertamente com furor. Às vezes, encostados no tronco de alguma árvore, ou então embrenhados no mato alto. A classe social ali não importava; fato que vai desagradar aqueles tipos que atribuem à burguesia todos as veleidades da natureza humana. A consciência de classe pouco valia ali. Não raro, via-se homens bem-vestidos relacionando-se com mendigos em troca de nada, quero dizer, por puro prazer. Certa vez, avistei um empresário bem-sucedido – conhecido em nossa cidade por estar sempre nas revistas de fofoca ao lado de sua bela e recatada esposa – possuir um homem tão esfarrapado e sujo, que só sua presença me provocou ânsias de vômito.

Na primeira ocasião, estava curioso. Mas logo constatei que tudo não passava de pouca-vergonha. Aqueles pervertidos não estavam atrás de transgressões; estavam escondendo-se da sociedade e descarregando suas frustrações no ânus de alguma criatura enrustida e medrosa. Uma minoria, admito, merecia felicitações. Se via logo na postura de alguns tipos, a falta de quaisquer escrúpulos e rédeas. Por exemplo, numa dada ocasião, vi um sujeito masturbar-se na frente de dois policiais, que faziam ronda pelas imediações, até ser imobilizado e posto na viatura. Mas a grande maioria que ia àquele lugar na surdina da noite, não passava de medrosos pais de família, funcionários públicos e recatados de todas as espécies.

"Eu, naquele lugar de poucas vergonhas, tentando ver superações onde na verdade haviam submissões a um vício tão abjeto quanto qualquer outro".

Certa noite, furioso, pensei em dar o fora dali o mais depressa possível, contudo, fui retido por algo que naquela altura imaginava tão improvável quanto um milagre: uma presença feminina, que, aliás, me impressionou bastante.

Estava prestes a dar partida no carro quando ela se aproximou sorrateiramente. Até então, não tinha dado por sua presença, nisso, a mulher bateu três vezes na janela do automóvel em sinal para que eu abaixasse o vidro, coisa que o fiz mecanicamente. Encontrava-me espantado com aquela presença materializada do nada. Devido à falta de luminosidade, não vi se tratava-se de um homem ou de uma mulher. Só tive certeza mesmo que era uma mulher, quando escutei o timbre da sua voz me perguntando, sem nenhuma resignação, se estava a fim.

A fim? A fim do quê? Foi a pergunta estúpida que fiz, a mim mesmo, naquele momento. Não recordo se respondi afirmativamente ou se permaneci calado; o certo foi que aquela presença se introduziu rapidamente no automóvel e de chofre, como bem me lembro, perguntou-me se podia arranjar-lhe um cigarro.

A labareda do isqueiro revelou-me de quem se tratava.

Senhoras e senhores, há ocasiões em que os ratos correm de encontro às ratoeiras, ou por serem tolos demais, já que se preocupam apenas em preencherem o vazio dos seus estômagos, ou, por serem parecidos conosco, seres humanos, o que não os livra de jeito nenhum da tolice. Muitas vezes somos impelidos violentamente por forças irresistíveis a situações de risco de morte. No entanto, aquela figura que se sentara ao meu lado com um cigarro na boca, esperando que eu a atacasse lascivamente, não estava atrás dum prazer perigoso estava, sim, atrás de algo medíocre, isto é, aquela mulher desejava fazer sexo comigo em troca de dinheiro.

Aqui vou precisar fazer um parêntese.

Como se sabe, quanto mais reiteradamente desfrutamos de algo, menor será a intensidade de prazer obtido ao usufruirmos de tal coisa. Essa veracidade vem coroar uma máxima: só podemos desfrutar prazerosamente dum determinado objeto por um curto lapso de tempo. Demonstrada essa verdade, retiramos dela outras evidências. Vejamos. A felicidade eterna é impossível; só pode perdurar se estiver invariavelmente prestes a sucumbir. Mas isso qualquer idiota poderia deduzir. O que quero esclarecer é o seguinte. Além da felicidade e da satisfação estarem destinadas a extinguirem-se num momento próximo, ambas, para perdurarem, precisam ser procuradas no maior número de lugares e das maneiras mais variadas possíveis. Eis o cerne da questão. Queria apenas esclarecer que, nem de longe, já que já tinha usufruído daquela forma de prazer, pagaria àquela mulher pela satisfação das minhas obscenidades. Pagar por sexo não me dava mais prazer. Na verdade, até a ideia me aborrecia. Violá-las, obrigando-as a satisfazerem-me, sim!, proporcionavam-me deleites desmedidos.

Mas, na ocasião, havia um obstáculo que me impedia de violentá-la; a aparência repugnante daquela mulher mal cheirosa afastava toda e qualquer possibilidade de afeiçoar-me ao seu corpo.

Acreditem, *aquilo* oferecia o que tinha entre as pernas em troca de poucas moedas. Para matar a fome ou a necessidade de embriagar-se, sei lá. Sua mediocridade irritou-me e obriguei-a a descer imediatamente do automóvel, não antes, é claro, de iluminar o interior do carro e constatar o quão horripilante era sua constituição. Tratava-se duma mulher na casa dos quarenta, sulcada de cicatrizes, esfarrapada, desgrenhada e de tez negra. Quando sorriu, perguntando-me se não tinha coragem, notei que lhe faltavam meia dúzia de dentes. Por pouco aquela interrogação não lhe fizera perder os poucos que ainda lhes restavam na boca. Mas me contive e disse-lhe apenas:

"Desce, bicho imundo".

A criatura desceu, e, em seguida, sumiu na escuridão.

Fim da história?

Qual nada!

Nos dias seguintes, não parei de pensar nela.

Fechava os olhos e sua imagem ia gradativamente surgindo e ganhando forma na escuridão da minha cegueira voluntária, nisso, em poucos instantes, lá estava aquele sorriso desdentado me perguntando se tinha ou não tinha coragem. Ah, senhoras e senhores! Vocês não imaginam como isso me apoquentou. Eu, crente de mudar o curso do mundo com minhas ações, ser inquirido e posto em xeque por uma existência tão desprezível e insignificante como aquela? Por que não tomei uma providência resolutiva naquele instante, arrancando os poucos dentes de sua gengiva? Ou então, espancando-a até que se desculpasse? Ter-lhe feito sofrer sem piedade? Ou então... ou então.... De súbito, soube.

Ou então, possuindo-a violentamente ali mesmo?

Penetrá-la provaria para ela e para mim que era capaz de tudo; até mesmo de celebrar a unção entre o belo e o abjeto.

Era isso!

A consciência de um grande homem devia ser incapaz de distinguir o feio do bonito, da mesma maneira que não deveria discernir o certo do errado. Se desejava chegar aonde poucos tinham chegado, tinha de livrar-me de escrúpulos e juízos de valores. Um grande espírito havia de ser indiferente a essas noções. Tinha de ser capaz de louvar os vilipêndios e a inocência ao mesmo tempo, e mais ainda, deveria estar acima de quaisquer convenções, já que estas só serviam para adestrar fracos de caráter e de espírito. A quem me perguntasse se eu estava louco em relacionar-me com uma mulher como aquela, diria apenas que loucos eram aqueles que deixavam de fazer algo em virtude de pudores estéticos e conceitos morais.

Isso animou-me de tal maneira que, já no dia seguinte, ainda pela manhã, decidi procurar a mendiga e quem sabe torná-la minha amante. Passei a semana percorrendo o parque de cabo a rabo, e vendo, em plena luz do dia, como aqueles homens satisfaziam suas necessidades sexuais antes de irem para seus trabalhos e de deixarem seus filhos nas escolas. Mas não ligava mais para aquilo; só me angustiava supor nunca mais ver aquele sorriso encarniçado; aquele corpo esquálido, sujo, exalando o odor de vários dias sem higienização.

Conseguiria viver diante de tamanha falta?

Só de imaginar aquela mulher convicta de que eu não tivera coragem de relacionar-me com ela por causa de pudores, foi o suficiente para deixar-me nervoso. Em meio aquele desalinho, a outra face daquilo que verdadeiramente me impacientava surgiu-me nitidamente como as luzes de um farol, indicando-me terra à vista. Não era só a apreciação da moradora de rua o que mexia comigo, era, no fundo, o tormento duma personalidade que tinha de provar para si, a todo instante, que estava à altura do destino que lhe fora reservado.

Qual maior julgador do que a própria consciência?

Um homem tem de ter disciplina para progredir dia após dia. Abandonara o credo religioso, contudo, algumas observâncias ainda me perseguiam. A vigilância! Eu tinha de agir a cada instante de acordo com a grandeza do meu caráter; deixar passar aquela ocasião sem celebrar a unção entre o belo e o abjeto só demonstrava o quão longe ainda estava do...

Passavam-se noites e manhãs e nenhum sinal da sua sombra. Às vezes aparecia no parque. Já estava perdendo a fé de encontrá-la e, com efeito, a minha perturbação só crescia. Via-a em sonhos. Surgia zombando de mim. Escrachando-me na frente de todos. Dizendo a plenos pulmões que eu era insignificante e que só tinha a pompa de um grande homem, quando na verdade, dentro de mim, reinava o desespero e a desordem. Acordava desses pesadelos, empapado em suor, desesperado, para logo em seguida vestir-me e sair à sua procura. Não havia no meu espírito lugar para outras preocupações que não fosse a de encontrar aquela mulher. Pois bem. Vejam onde um ser humano é capaz de ir num estado de louca lucidez.

Louca lucidez!

Da sua presença imunda dependia toda a minha sanidade mental. Esta dissipava-se aos poucos, em cada gota de suor que minavam-me das mãos e dos pés. Aquela tensão nervosa torcia meus nervos a ponto de partirem-nos. Estava liquidado? Pus-me, então, a caminho das partes mais sórdidas e sujas da cidade. Parava nas esquinas e debaixo dos viadutos caçando-a como um louco entre seres miseráveis que, aos meus olhos, figuravam como criaturas idênticas; crias paridas de um mesmo ventre; existências descartáveis e degradadas.

Aquela busca começava também a degradar-me. Não é de ver, senhoras e senhores, que alguém deve ter visto eu esbofeteando um morador de rua por ter me repassado informações vagas e imprecisas sobre a mulher que tanto procurava. Mas deixemos essas patifarias de lado.

Vejam como são as coisas.

Quem procura, a bem-dizer, nunca encontra. É preciso distrair-se e não esperar absolutamente nada. Cedo ou tarde, seria conduzido habilmente e em sigilo pelas mãos do destino glorioso que me fora preparado. Somos a continuação do passado. Portanto, não devemos nos preocupar com o futuro. Eu era a soma da beleza incomparável de mamãe com o reboliço indecente e nobre do sangue de papai. Pois bem, é preciso estar desatento. Foi precisamente num momento de distração, ao pegar uma marginal movimentada, cortada, ora ou outra, por um semáforo demorado, que vi, a poucos metros de mim, na alta madrugada, a silhueta da mulher imunda que tanto procurara. Nessa altura, já tinha desistido de encontrá-la, por isso, como não podia deixar de ser, atribui à minha estrela guia o achado. Era o destino batendo-me à porta, e, sem pedir permissão, forçando sua entrada.

No exato instante em que a vi, fui tomado de um arroubo avassalador, desmiolado. Por pouco, não abri a porta do automóvel e lancei-me aos seus pés descalços, diante de todo o trânsito impaciente. Tive de conter uma impaciência do tamanho do corcovado. Sabia que o momento era único, desse modo, não podia pôr novamente tudo a perder. A mulher, por sua vez, mostrava-se descontraída, sem sonhar que sua presença era tão desejada. Minha mente trabalhava velozmente, bolando abordagens que não podiam falhar, no entanto, todas elas, ao cabo de milésimos de segundos, pareciam-me disparatadas e torpes. Cheguei mesmo a pensar em apontar-lhe a pistola e ordená-la entrar no automóvel, ali mesmo, na frente de todos os outros condutores. Uma excitação turvava-me o raciocínio. Por fim, restando-me apenas poucos instantes, pois os carros já ameaçavam avançar o sinal com o ronco dos seus motores, resolvi deixar minha estrela guia trabalhar novamente, confiando a ela toda a minha sorte.

Quando há de acontecer, não há nada que possamos fazer para evitar o avançar dos acontecimentos. Era inevitável o desfecho que principiava a desenhar-se. Como a fila de automóveis era extensa na dianteira, não consegui cruzar o semáforo na primeira tentativa, portanto, fiquei na linha de frente com outros veículos esperando a próxima largada. Estes foram abordados pela mulher imunda, que logo veio até mim com um sorriso pedinte. Minhas mãos congelaram imediatamente e, sem saber como agir, (dar-lhe alguns trocados como tinham feito os passageiros dos outros automóveis?) baixei o vidro e disse-lhe seco e grosseiramente:

“Entra, bicho imundo”.

Sem contestar uma vogal, a mulher deu a volta no carro, abriu a porta e acomodou-se no banco do passageiro.

Mais uma vez, o rato tinha se deixado pegar pelo rabo.

Mal o sinal mudou de cor e o deixava para trás. Sentia o coração pulsando a ponto de saltar-me pela boca. Poucos segundos bastaram-me para notar que aquela criatura imunda, ao meu lado, não regulava bem. Olhava para frente sem dizer absolutamente uma palavra; seu olhar sereno e distante fixava-se na dianteira, enquanto a cidade deslizava vertiginosamente ao nosso redor. Absorta e aparentemente sossegada, parecia levar dentro da cabeça um vácuo incapaz de alterar-se com as ondas reverberantes dos acontecimentos. Eu, pelo contrário, explodia agitadamente com sucessivos questionamentos que me chegavam de chofre e se dissipavam rapidamente.

"Que faria com ela?"; "Aonde iríamos?"; "Até onde tinha coragem de ir?"; "Estava ou não à altura dos meus desígnios?"; "Que mais havia no meu sangue além de garra, perspicácia, voluptuosidade, vício e orgulho?".

Tudo isso ofuscava-me a razão. Tornava meu pensamento uma massa de ar nebulosa e negra. Tentava buscar alento em alguma coisa sólida, factual, já que o meu interior bulia atordoado e descompassado, mas o mundo exterior parecia-me também inverossímil e incompreensível. Os contornos da cidade haviam perdido suas formas críveis, e suas luzes, fascinantes, entravam-me pelas retinas, cegando-me com toda uma fosforescência escarlate. Ah, senhoras e senhores! Eu sabia que aquele momento era único. Imaginem se todos os homens tivessem a consciência de que cada instante perdido é irrecuperável, não acabaríamos loucos? Tentando reter um tempo indiferente que se vai como um viajante em fuga?

Ao cabo de poucos instantes, já não sabia onde estava, nem ao certo se existia. A excitação havia se transformado num medo terrível; medo de não ser capaz de cumprir o meu propósito.

"Qual seria ele, afinal?"

Sentia o corpo perder sua sensibilidade como se estivesse anestesiado ou flutuando dentro de uma bolha alheia aos efeitos da gravidade. De repente, nem os olhos que tanto me orgulhavam de possuir, reconheci no retrovisor do automóvel. As mãos que seguravam o volante também pareciam não me pertencerem mais, pois além de serem demasiadamente grandes, guiavam-se por vontade própria, já que não sabia ao certo em quais cruzamentos virava o volante. Estava crente de não existir. E isso trouxe-me uma languidez calma e prazerosa. Não tinha mais de preocupar-me com o meu destino, nem se estava à sua altura. Tudo parecia não existir, e a sensação foi-me agradavelmente boa. Uma pena ter durado tão pouco. Fui retirado daquela opacidade no momento em que a mão suja e hábil de minha passageira desabotoou-me o fecho da calça e pôs-se a masturbar-me docemente. Nesse instante, meu corpo voltou a ganhar peso e contorno, depois, as inquietações. Por fim, dei-me conta de que havia conduzido o carro àquele parque indecente. Ali, a escuridão tomava conta do mundo.

As inquietações! As inquietações!

"Estaria pronto para consumar a união repugnante entre o belo e o abjeto? Teria coragem suficiente para fazê-lo? Livrar-me-ia de julgamentos e obedeceria somente a grandeza do meu destino?".

Quando dei por mim, a minha boca já se encontrava colada com a boca daquela mulher desconhecida. O seu hálito podre encheu-me de uma estranha excitação. Nisso, desnudei-a rapidamente dos trapos que envolviam o seu corpo magro, e possui-a violentamente sem preservativo nem nada. Se daquela comunhão brotasse uma doença ou um filho bastardo, tanto melhor. O meu país, é em si, uma enfermidade, e de espúrio, todos os filhos deste solo és mãe gentil têm um pouco.

Quando tudo terminou, acendi o cigarro da satisfação, mas neste momento, um abalo sísmico, interno, desmoronou-me novamente. Ao oferecer compassivamente um cigarro à mulher, esta negou, meneando a cabeça. Depois, disse as únicas palavras que nunca deveriam ter sido ditas naquela noite:

"Não fumo".

De sopapo, meu mundo virou-se de ponta cabeça.

A mulher que tanto procurara, pedira-me um cigarro assim que entrara no carro. Alarmado, liguei a luz interna do veículo, e logo constatei que não se tratava da mesma pessoa, aliás, não podia ser, pois a criatura ao meu lado, era nova, e, de certo modo, até mesmo bela. Assemelhava-se à outra apenas porque estava suja. Aliás, ela impressionou-me bastante. Tinha o corpo delgado e frágil, e uma inexpressividade facial granítica. Os olhos abotoados, dum escuro pardacento, buscavam algo inalcançável, e a boca grossa de lábios protuberantes eram duma irregularidade montanhosa.

Tinha cumprido o meu dever?

Qual nada!

Aquela moça bonita só estava maltratada devido às péssimas condições em que vivia. Não tinha feito, ao possuí-la, senão gozado da mesma volúpia que experimentava ao relacionar-me com prostitutas de esquina. Rapidamente, um abatimento nervoso e melancólico tornou a recair sobre mim, desesperando-me precipitadamente.

"Nunca mais encontraria a dona daquele sorriso emporcalhado?"

Bem, com relação a minha acompanhante, pensei que bastaria lhe dar alguns trocados que ficaria tudo certo. Ofereci-lhe o que tinha na carteira (quantia bastante razoável, vale dizer) e como ela não estendia a mão para recolher o dinheiro, depositei-o sobre suas coxas magras e nuas. A moça continuava inerte e não se atrevia a se mexer. Sua presença começava a impacientar-me, logo, para livrar-me *daquilo*, ordenei-lhe rispidamente que se vestisse e desse o fora. Mas ela continuava imóvel, olhando sempre para a escuridão adiante.

De repente, estranhamente, algo a sensibilizou e ela pareceu sorrir. Resolvi esperar para ver o que sucederia. Para meu assombro, aquele sorriso alastrou-se rapidamente por todo o seu rosto, e, num lapso de segundo, sua cabeça havia se transformado numa grande e debochada carranca.

Esta dirigia-me um sorriso cheio de deboche e escárnio.

Vossas senhorias podem achar isso um disparate; que eu estava louco. Entretanto, nenhum de vocês seriam capazes de vislumbrar, mesmo que dedicasse laudas inteiras descrevendo aquele sorriso, o quão desmoralizante e zombador ele era. Naquele instante, os meus olhos turvaram-se por detrás de uma cortina de escárnios. O som produzido pelas gargalhadas da jovem, constrangeram-me insolitamente a tal ponto que, o meu ódio, por sua zombaria, tornou-se imenso e incontrolável.

Não pude mais suportá-lo.

De maneira impensada, botei a mulher a solavancos e ainda nua para fora do veículo. Como suas gargalhadas insistentes não cessavam, todo o meu ser se tencionou e minha mão deslizou com facilidade ao porta-luvas do automóvel. Sem pensar – foi o único instante em toda a minha vida em que me ausentei inteiramente de mim – mirei em sua direção e apertei com força o gatilho. Três obuses acertaram o alvo, e o seu sorriso debochado se desfez. Aos poucos, uma superfície escura e espumosa tomou conta de toda a massa desfigurada e medonha, na qual havia se convertido o rosto da mulher, estendida no chão. Repentinamente, sacudi-me e estremeci de frio. Os estopins dos tiros, secos e ensurdecedores, haviam rompido o eterno silêncio de minhas inquietações. À vista desse fato, por fim, compreendera até onde tinha coragem de ir pela grandeza do meu caráter. Apesar de ter agido sem me questionar, a resposta era evidente. No fim das contas, aquela noite havia-me sido reveladora. Minha estrela guia tinha escrito certo por linhas tortas.

Recordo que um tanto eufórico, evadi-me do local sem desfazer-me de eventuais provas que poderiam me colocar numa situação de risco. Hoje, pensando bem, não tinha com que me preocupar. Aquela morte se transformaria apenas em estatística inútil; numa baixa que diretamente não afetaria a sociedade. Ao menos assim, alguns poderiam pensar. Indiretamente, como vossas senhorias irão constatar, aquela morte ainda viria a influir na vida de um grande número de pessoas. Basta pensar que, se não fosse por ela, talvez, hoje, não estivesse onde estou, ocupando esta cadeira. Pois bem. Chegou a hora de dar um salto na narrativa e de fazer algumas ligações que aparentemente não fariam nexo algum. Mas o quê? Se a morte dela deu algum rebuliço? Ah, na verdade, não sei, não sei. Não vi o jornal no outro dia, nem nos meses seguintes.

PARTE II

1

Alguns anos passaram-se desde o meu encontro com aquela mulher, quero dizer, voaram. A carruagem do tempo andou a toda pressa e o mundo ao meu entorno, vasto e vazio, havia se tornado um planalto morto. Via-o correr distante de mim, como se os atos da vida cotidiana se desdobrassem a distâncias desmedidas. Não sabia mais ao certo onde tudo começava, nem terminava, pois na minha cabeça, não havia princípio, meio e fim, que estabelecesse ordem entre os acontecimentos ao meu redor. Desde então, minha percepção havia se tornado vagarosa e letárgica. Portanto, avancemos; pouco perder-se-á desta narrativa se abster-me de descrever este período aborrecido de minha vida. Não desejo tornar lenta e maçante estas notas; não mais do que o estritamente necessário.

Adiante!

Vossas senhorias devem ter notado que na efervescência da libertinagem, tudo, simplesmente tudo, até mesmo os pormenores de uma noite – como a cinta liga de uma prostituta ou a gargantilha de ouro de uma dama da alta sociedade – ficaram delineados com perfeição na minha memória. Deve-se a isto um único fato: a carne tem maior capacidade de recordar que o espírito. Os acontecimentos enfadonhos que posteriormente fizeram parte da minha vida não se fixaram em mim com a mesma clareza, como as experiências daqueles anos loucos e furiosos. Analisem, por exemplo. O período em que passei sentado nas carteiras da universidade está suspenso em meu imaginário, boiando num mar de imprecisões sem-terra à vista. Se arriscasse fazer uma descrição verossímil destes anos, teria de fazê-lo descrevendo-os como uma peregrinação morosa através de um limbo árido e morto. Sim, um limbo árido e morto. De certa maneira, foi uma temporada na qual me dediquei a purgar meus vícios e excessos.

Quais penitências utilizei para isto?

O enfado, senhoras e senhores, o enfado.

Não há nada mais redentor à carne viciada do que o aborrecimento de uma vida metódica. Acordar, ir para a universidade, trabalhar no departamento jurídico de uma empresa qualquer, meter a cara nos livros para se sair bem nos exames. Anteriormente, já me dedicava a estes afazeres. No entanto, quando desfrutava exclusivamente do meu corpo jovem, tais atividades se alocavam na circunscrição das banalidades e dos fatos irrelevantes. Mas não houve como evitar que tais preocupações um dia chamassem a minha atenção. Digamos que, a "vida adulta", por fim, havia-me chegado.

O tempo não tardou e logo outorgou-me o título de bacharel em Direito. Fui diplomado e felicitado pela academia na ocasião da minha colação de grau. Ah! Não demorei também em obter a inscrição na ordem dos advogados, e as aulas no colégio de magistratura, após a tomada de posse no cargo público de juiz de Direito, foram uma extensão desse meu aprendizado e brio. Tudo me ocorreu naturalmente, sem maiores esforços. O meu destino, mais uma vez, suplantava as adversidades como um corpo poderoso e rijo rompendo o leve ar de uma manhã ensolarada. Alguns podem estar se perguntando, "como encontrou com tanta facilidade o caminho para a ordem depois de cometer um crime"? Simples. A ordem e o crime são faces de uma mesma moeda. Transgride-se e transgride-se e logo depois impõem-se o reino das convenções. Ou digo bobagens, e primeiro se estabelecem as regras e só depois surge o desejo de violá-las?

Que seja!

A busca incansável por reconhecimento e autoafirmação; o meu desejo incessante pela superação da morte; a minha vontade de triunfar sobre o esquecimento; fizeram-me, tempos depois, empalidecer diante da translucidez das normas. Vi nestes instrumentos singelos, (as leis) algo que poderia utilizar em meu favor e contra o inexorável destino dos homens. Podia tornar-me eterno valendo-me delas.

Não me fora penoso trocar a insubordinação do espírito pela submissão às leis. No fundo, tanto esta insubordinação quanto aquela submissão provêm de um mesmo estado de espírito. Este pode incendiar o mundo e pô-lo abaixo, ou então preservá-lo de modo imutável e organizado. Garanto que ambas as condutas nascem do desejo de emancipação do homem. Em suma, ele quer apenas tornar-se senhor de si e triunfar sobre um mundo sem Deus. Pouco lhe importa se submisso ao instinto ou às convenções.

Partamos da seguinte premissa: fundar o reino humano exige a tomada de um partido, certo? O conforto, oriundo do sentimento religioso, desaparece, e então surgem os desesperos. Se Deus não existe e não nos dá um destino, é preciso criá-lo à força, nem que para isso seja necessário violar a vida e as instituições, ou então mantê-las soberanas, dando-lhes um sentido prático e eficiente. De um lado, os revolucionários lutam pelo que deveria ser. Do outro, as instituições e os legalistas querem preservar o que já se têm. Mas, senhoras e senhores, sabe o que vejo no olhar enfurecido de um revoltado e no cariz apático de um homem do Direito? Desesperos, desesperos... O porvir revolucionário não passa da harmonia de um paraíso perdido na mente de homens desacreditados com o presente, enquanto a manutenção das instituições revela a necessidade do indivíduo de crer no Deus da burocracia e da ordem. Nesta luta, tudo está em jogo, tanto faz se valer da legalidade ou da criminalidade para fundar o império das esfinges e dos hereges.

O revolucionário e o conservador são faces de uma mesma moeda.

O que direi a seguir dará ensejo para vossas senhorias me chamarem de determinista ou de fatalista, pouco me importa. O lado pelo qual cada indivíduo escolhe lutar é historicamente decidido antes dele dar as caras neste mundo. Sei que alguns alegaram a falsidade desta afirmativa dando exemplos de pessoas que, sacrificaram uma vida cômoda para lutarem ao lado dos expropriados e desafortunados. Quanto a isto, digo apenas que estes homens se desvirtuaram do seu caminho. No fundo, o desespero e a insatisfação deles para com a crueza da vida – finita e incompleta – os fazem perder a cabeça; nisso, acabam colocando-se a serviço do lado mais fraco da condição, isto é, o lado dos mais pobres; pensam que ajudando estes estão os salvando. Tais senhores ludibriam a consciência com uma nobreza dissimulada, cuja origem reside na insatisfação perante as contradições do mundo.

Mas sei que todos os seus motores não passam de desesperos acumulados, de desejos por autoafirmação e reconhecimento. No fundo, tais indivíduos querem apenas perpetuarem-se na história e serem adorados, eis a questão. Mas tudo já se encontra dado anteriormente e não adianta lutar contra isso. Somos feitos à imagem e semelhança do passado. No entanto, não tomemos isso como uma fatalidade negativa. É preciso vê-la como uma distensão das ações humanas e da natureza no curso da história e do tempo.

Eu era de origem abastada, sendo assim, não tinha de me preocupar com uma mudança radical e enfurecida da sociedade. Uma coisa era-me inegável: minha atenção se voltava para o topo. O céu e a imortalidade eram minhas verdadeiras idealizações. Portanto, vossas senhorias acham que prodigalizava o meu tempo preocupando-me com as desigualdades entre os povos do mundo? Ah! A vida é um lume tênue para ser desperdiçado iluminando cavernas escuras e sem saídas. Eu só tinha olhos para o meu porvir.

A morte daquela mendiga mostrou-me que eu tinha de estabelecer novamente a ordem do espírito. A anarquia não deveria permear, nem tampouco conduzir minhas ações. Precisava de ordem para pôr-me de volta no meu caminho. E não é que, em poucas semanas, tinha superado minhas crises nervosas? Numa certa ocasião, confinado no escritório de papai, absorto com os débitos fiscais de uma de suas empresas, senti sua mão pesada sobre o ombro, e logo em seguida escutei sua voz me dizendo "és inteligente, vai longe, meu filho".

A partir desse instante, meu mundo, mergulhado em caos e trevas, iluminou-se completamente. Eis porque nos sentimos fortes e confiantes nas manhãs ensolaradas. Sob o efeito da clareza, não nos restam mais dúvidas sobre a essência dos seres e das coisas. Tudo se encontra em uma perfeita harmonia, e o universo parecia conspirar a favor de uma lógica inevitável. O comentário de papai surtiu o efeito produzido pelos raios solares ao romperem as trevas da noite. Tudo se clareou e então não restaram-me mais dúvidas de que era inteligente e de que ia mesmo longe.

Daí em diante, dediquei-me com afinco ao estudo das leis. Minha estrela guia apontava nesta nova direção. Não tomem isso como fanfarronice, mas devo dizer que neste campo também acabei superando os demais. Minha inteligência cativava, por conseguinte, não foi difícil conquistar o respeito de todos aqueles que me rodeavam. Se lhes disser que até os professores nutriam por mim uma devoção doentia, vossas senhorias acharam que estou exagerando? Rá rá. A admiração destes é coisa que se consegue facilmente. Eis a fórmula: nunca se deve contraditá-los, ao invés disso, rendam-se ao que dizem; mostrem-se atraídos por suas opiniões e façam-lhes perguntas que corroborem com as respostas que querem dar. Acima de tudo, os deixem falar. No fundo, nada dá mais prazer a esta classe de homens do que ouvir a própria voz captando atenções. Ah! Mas permitam-me deter na figura de um professor em especial. Vejam como este tipo influenciou-me durante um largo período de minha vida.

Havia, portanto, esse professor. Nenhum outro docente tinha tanta polidez e altivez quanto ele. Admirava-me sua formalidade, além disso, o homem tinha moral. A princípio, sua soberbia irritou-me, mas bastou-me um elogio, em uma aula de direito constitucional, para que me rendesse incondicionalmente aos seus discursos.

A partir de então, no decorrer da semana, esperava inquieto por sua aula; quando ela chegava, crescia excessivamente, ocupando as primeiras carteiras da sala. A razão figurava-me simples: conquistando sua admiração eu aumentaria o meu prestígio, já que, na mesma proporção, a classe respeitava-o e temia-o. Os dignos de sua confiança eram igualmente temidos e respeitados.

Como admiramos aquilo que nos dá medo e demonstra poder, não é mesmo? Vejam como os rostos se tornam seduzidos e submissos diante de uma autoridade, cujo poder pode fazer o bem ou infligir deliberadamente o mal. A admiração só existe diante de um certo tipo de inferioridade e temor. Um indivíduo pode afeiçoar-se a outro porque o julga sedutor, poderoso ou brilhante. Asseguro que essa sensação de impotência diante da beleza, do ímpeto ou da sagacidade, subsistirá em todos os casos. É o elo entre os seres apaixonados. Vejam o seguinte caso. Um indivíduo que prefere morrer a perder seu objeto de admiração não prefigura o que acabo de dizer? A sensação de inferioridade ante um objeto desejado, que se encontra na iminência de se perder, é tão latente que o sujeito não é mais capaz de sustentar a própria existência sem aquilo que idolatra, logo, prefere extinguir-se a não ter mais a quem se curvar e adorar. Agora, sabemos porque normalmente nos portamos com intolerância ou indiferença diante de seres inofensivos e menos aptos do que nós.

Mas voltando à história.

Devo reconhecer, no entanto, que estava enganado. Ao invés de conquistar a admiração deste professor, sentia-me cada vez mais impressionado com o que ele professava. Encontrava-me seduzido por uma ordem e por um direito que, segundo suas explicações, tinham a força para auto imporem-se sobre todas as coisas do mundo.

"O direito à propriedade". "O direito à nacionalidade". "O direito à vida". "O direito à justiça".

E então o meu espírito se aglutinava e algumas noções dispersas, que antes me atordoavam, se cristalizavam em formas e passavam de abstrações a instituições num remodelamento metódico, axiomático e racional.

A sabedoria e a gravidade adotada por ele, enquanto falava de um direito oriundo da pátria, da família, da ordem, e, acima de tudo, das instituições, me impressionaram de tal modo que foram capazes de suprimirem todas as dispersões e confusões do meu espírito.

A que se deve essa transformação radical?

Digo.

Vive-se bem e seguro julgando conforme certas prescrições, senhoras e senhores.

O homem excepcional, filho da desordem e da arbitrariedade, desfaleceu-se dentro de mim. Daí em diante, a minha estrela guia marcava o céu das possibilidades com o rastro forte de uma nova convicção: além de brilhar, também tinha nascido para julgar.

Eis o que poucos homens conseguem suportar. O poder do julgamento.

Mas não me refiro a juízos cretinos, lançados, no dia a dia, em rodas de bares ou em esquinas. Falo do poder de sentenciar e de transformar a sociedade. Paga-se caro por isso. Vejam bem. Certa vez, tive de optar entre condenar ou inocentar um funcionário público do alto escalão de nossa sociedade. Se o condenasse, agiria em desconformidade com o erário público, pois o sujeito havia agido em prol das instituições. Sabia que ele tinha desviado uma quantia de dinheiro para evitar que um pandemônio se alastrasse por um Estado à beira da ruína e do caos. Como sair disso sem se sujar? Ou aceita-se as flechas e os escárnios da população, suportando seus impropérios sem reclamar, ou se é franco com ela e consinta em togar-lhe de uma vez por todas o poder de julgamento; não antes, é claro, de lhe explicar as responsabilidades. Ó! Os homens não perdoam a sinceridade. Diga-lhes o que não querem ouvir e eles logo lhe viraram as costas. "Ou tudo ou nada.". "Ou as leis ou a vontade popular.". "Ou a ordem ou a desordem.". "Ou um pouco de harmonia ou o completo caos." Garanto que se sentiriam amedrontados, eis porque o povo não quer tomar as rédeas da situação.

Quanto a mim, não me importava com a opinião alheia, por isso, julgava com facilidade. Partia do pressuposto de que não haviam inocentes. Eu mesmo não o era, logo, estando em pé de sujeira com os demais, a minha caneta sentenciava com uma leveza incrível. Duras penas, admito. Se todos estávamos sujos, só a pureza da lei podia nos salvar. Ao invés de apontar a sujeira do meu semelhante para encobrir a minha, eu sentenciava estritamente conforme as prescrições legais. Acreditava ser capaz – aplicando a justiça em seu estado puro – de despir o mundo e o meu corpo de suas imundices, isto é, desejava impor a lei – transcendente e eterna – ao caso concreto, pura e simplesmente.

O meu passado, a partir de então, tornara-me repugnante e desprezível. Quanta turvação e desperdício de vida! Ninguém tinha chegado longe com tanta porcaria recobrindo o corpo. Caso desejasse brilhar e entrar para a história, antes, tinha de assear-me; banhar-me na cascata perene da moralidade.

Senhoras e senhores, terei de recorrer novamente à figura desse meu professor. Foi ele quem imprimiu-me a ideia de que havia um bálsamo capaz de perfumar a podridão humana. Como ele mesmo gostava de dizer: “uma pureza principiológica e moral descia do céu e pairava entre nós, silenciosa e genuína, reconfortante para aqueles que almejavam redimir os equívocos da humanidade”.

2

Ah! Dissuadir-me nunca foi tarefa fácil. Imaginem. Antes eu duvidava da minha capacidade; questionava-me constantemente se estava ou não à altura do meu destino; se era capaz de cumpri-lo ou não, mas depois de um tempo, comecei a duvidar da própria existência de uma capacidade individual. Se ela existia, de nada valia se fosse confrontada com a vontade normativa. Vocês precisavam ver a loquacidade e a segurança deste meu professor ao falar que, os homens, só haviam entrado para história, e, com isso, conquistado sua infinitude, utilizando-se das leis, mesmo que inicialmente suprimindo-as para depois erguerem outras mais eficazes e poderosas. Advertia-me com sua voz serena, que se tratava de uma loucura negá-las, pois aqueles que haviam feito isso, acreditando terem dentro de si seus próprios princípios, haviam ficado marcados nas linhas oficiais da história como figuras perturbadas; isso, na melhor das hipóteses, pois normalmente eram esquecidas com facilidade.

Sua crença baseava-se na afirmativa de que toda ação deveria ser dirigida a um fim específico em si mesmo. Ser justo simplesmente porque a justiça assim o exigia. Justiça? Sim, justiça, isto é, a vontade da maioria representada pelas leis. Somente elas eram capazes de expressarem a vontade de uma nação. Por esse mesmo motivo era importante amar a pátria, pois esse sentimento se refletia sobre o povo, e, por conseguinte, sobre o homem individualmente.

A voz deste meu professor parecia não se alterar nunca. Seus gestos eram naturalmente graves e seguros de si; os olhos, perspicazes e ligeiros como os de uma raposa. Tudo nele inspirava disciplina. A aparência causava-nos uma impressão de excessiva limpeza; o colarinho da camisa sempre alvo, as unhas e os cabelos muito bem aparados, os sapatos lustrados, as calças bem engomadas. O corpo delgado guardava semelhança com uma coluna de mármore, ou melhor dizendo, com o pilar de um panteão romano. Nada na sua silhueta destoava de nada; as linhas da fronte nunca perdiam a regularidade, nem mesmo quando ele discursava apaixonadamente em sala de aula. Talvez, fosse possível ver – não me lembro bem – duas pequenas chamas em seus olhos, quando ele se referia, de um jeito nostálgico, ao direito helenista; mas estas labaredas, asseguro, paravam de crepitar no momento em que ele olhava de cima abaixo um acusado. Ah! Não sei se já apontei, mas quando não estava em sala de aula, este professor assumia o posto na cadeira de juiz de instrução penal.

Admito, sua figura influenciou-me a seguir o caminho da magistratura.

Ao permutar a cadeira de docente pela de juiz, ele trocava também de papel. Pouco ou nada conservava do professor afável que me dava conselhos após as aulas. Assumia uma postura fria e distante; poder-se-ia dizer formalista ao extremo.

Certa ocasião, numa audiência de custódia, julguei que ele não me reconhecera entre o público presente, tamanha sua indiferença pelas coisas alheias ao processo. A sensação era de que estava, novamente, como nos tempos de catequese, diante de uma autoridade julgadora que impunha uma verdade verticalmente do alto. Por isso, minha admiração por ele nasceu instantaneamente. Tornei-me devoto daquela nova crença por um processo de resgate e de fé. Ao invés do pároco, era então influenciado por aquela nova figura austera. No entanto, ao substituir a religiosidade pela legalidade, os dogmas tornavam-se correntes de pensamento, e, consequentemente, ciência. Assim, podia utilizar-me dela para transformar concretamente o mundo ao redor.

Mas, francamente, existe distinção entre legalidade e religiosidade? Em todo caso, digo: não.

Há, em ambas, uma corrida pelo inalcançável. Busca-se o reino do céu ou o reino da adequação da realidade à norma. Almeja-se um paraíso celeste ou terrestre, louvando-se a Deus ou os princípios normativos, coisa que, para mim, dá no mesmo. Criações do imaginário humano; frutos do nosso temor, frente à inexorabilidade da finitude. Não passam de ilusões que criamos para lutar contra as injustiças de uma condição injusta. Julgamos em nome de Deus visando uma recompensa *post-mortem*; ou, sentenciamos conforme as leis, e esperamos o reconhecimento de um legado por isso. Não há distinções entre padres e juízes. No fundo, eles só querem tornarem-se imortais. Salvarem a alma da vergonha e a honradez da figura. Ah! Todos estamos ligados pelo mesmo anseio. Queremos o reconhecimento, o infinito.

Enquanto isso não chegava, matava o meu tempo absolvendo ou condenando. Culpar é sempre mais prazeroso. Condenar é retirar dos próprios ombros um peso insuportável, pois somos, em maior ou em menor grau, todos culpados. No decorrer do tempo, depois de muito interpretar o meu papel de juiz, descobri a verdadeira essência de um julgamento. Não se julga apenas para não julgar a si próprio, julga-se, sobretudo, para julgar a si mesmo e medir o tamanho do próprio orgulho.

Vejam. Absolver ou condenar dá no mesmo. A vaidade subsiste nos dois casos. Aquele que livra de culpa uma alma ou condena-a – acreditando estar a serviço de uma instância ou de uma divindade – serve somente a si. A vaidade, nesse exemplo, é confundida com uma sensação de utilidade pública ou celestial. A sensação de um padre ao dar a extrema unção a uma alma pecadora e a do carrasco ao suprimi-la da terra são a mesma. Servir a Deus ou as leis nos exime de culpa, ao tempo em que nos dá uma sensação de utilidade. Ambas as impressões são imprescindíveis ao ego do homem. Isso serve para justificar a soberba e o ar de segurança dos nossos padres e magistrados. Quanta utilidade!

Tal professor, de quem vos falo tanto, por exemplo, era a prefiguração da autoconfiança e do orgulho. O jeito superior e a maneira segura com que ele lidava com os casos intrincados de um processo, me impressionavam bastante. Suas opiniões e despachos pareciam irretocáveis. Hoje, sei que se tratavam de pareceres baseados em idealizações. Suas raízes não estavam fincadas na terra, mas sim no universo ambíguo das abstrações, por isso eram irreplicáveis.

Tudo isso só consegui ver depois. Na época, conseguia enxergar apenas o seu traje negro, as centenas de livros do seu gabinete, o jeito respeitoso e servil com que os indivíduos se dirigiam a ele, e a posição superior que ocupava na sociedade. Vossas senhorias acham pouco a influência que isso pode exercer sobre um jovem estudante de Direito? Ah! Mas no fundo, estou mentindo. Sabia de onde vinha esse meu desejo de tornar-me julgador.

Conto-lhes.

Certa vez, enquanto meu professor conduzia um caso, vi atrás dele, e também dos inúmeros processos sobre sua mesa, um crucifixo pregado na parede, alheio à lide dos homens e distante de suas convicções. E não é de ver, senhoras e senhores, que no seu lugar surgiu num piscar de olhos a minha estrela guia, brilhando grandiosamente como sempre? Estava lá, ocupando o tormento de Cristo, e guiando com sua luz preceptora o meu caminho esplendoroso. Pois bem. Chegou a hora de falar dos meus primeiros anos investidos no cargo de juiz, quando então, sentado numa cadeira acima do mundo e dos homens, senti-me convertido em um único princípio.

3

Que princípio era esse, afinal? Tentarei expô-lo de forma clara. Não quero correr o risco de fazê-los interpretarem erroneamente meus julgamentos. Os seres humanos sempre atribuem falsidades às grandes realizações. Querem ver?

Certa vez, julguei um caso excepcional, convertido em banalidade pela opinião de meus concidadãos. Na ocasião, tinha chegado à minha mesa um caso peculiar de suicídio, onde um jovem rapaz havia se sacrificado sem deixar nada que justificasse a tomada de sua atitude drástica. Enforcara-se no quarto e ponto final. A consequência? Seus pais – aflitos e inconformados – atribuíram à sua bela namorada a responsabilidade pelo feito; não bastasse, alardearam os meios de comunicação e processaram a jovem alegando que esta havia traído a vítima e a influenciado a tirar a própria vida. Nem preciso dizer que os ânimos de nossa cidade eclodiram por todos os lados, não é mesmo? Imaginem quanto rebuliço. Mas, resumindo, ao final do processo, absolvi a ré, tendo em vista as provas trazidas nos autos pela defesa. A mais vibrante delas, pasmem, foram os inúmeros textos deixados pelo rapaz e enviados à namorada no curso da relação. Neles, o jovem confessava um sofrimento intenso, motivado pela sua incapacidade de amar e de afeiçoar-se pelas coisas mundanas, inclusive, por si mesmo. Nisso, impossibilitado de amar o mundo, no seu dizer, digno de todo o amor, preferira tirar a própria vida. Ele celebrava de forma silenciosa e solitária a grandeza dos sentimentos e do mundo, que deveriam prevalecer sobre sua indiferença, indigna de conviver com as belezas dos seres e da vida. Curioso, senhoras e senhores, como a imaginação do povo foi capaz de transformar a grandeza de um grito solitário em indecência e chacota. A inconformação existencial daquele rapaz foi convertida – depois de muita insistência da mídia – em um caso de traição venial.

Portanto, devo deixar claro meus motivos ou corro o risco de atribuírem-me torpezas e disparates.

Pois bem, que princípio era esse? Sim, sim, lhes direi no que este consistia. Sua essência tinha raiz no puro ideal de justiça. Justiça? A justiça que acreditava justa, é claro. Nas aulas do bacharelado, nos livros e doutrinas do direito, na magistratura, nas interpretações jurisprudenciais dos tribunais, a justiça, como bem se sabe, varia conforme o ponto de vista adotado. Se é impossível abstrair as mesmas impressões de um objeto, imaginem de um conceito.

O pobre dirá que justo é repartir as riquezas do mundo, visto que a maioria vive com pouco, enquanto poucos engordam às custas de muitos. Mas vejam. Meu pai e meu avô, por exemplo, foram homens que acreditaram numa justiça baseada no domínio, na competência e na recompensa. Dominar os fracos, já que estes não ousaram ir longe; trabalhar duro e adquirir competência sobre as coisas, transformando-as em matérias-primas e em bens de consumo; e, por fim, ser recompensado por isso, pois se o trabalho foi árduo, a sombra também deve ser refrescante. Mas o meu ideal de justiça, naqueles tempos, estava acima dos homens, que só pensavam na própria fortuna ou na própria desgraça, por isso, tive de encontrá-la na onipotência de uma convicção e na transcendência de um ideal.

Em suma, ser justo, para mim, consistia em julgar conforme preconizava o espírito das leis. Julgava, como bem se diz, sem olhar a quem. Não me importava com a posição social, a raça ou o viés político do réu. Meus olhos eram incapazes de verem a figura sentada diante de mim. Estes se encontravam fixos e se dirigiam ao céu do além, o qual recobria o vasto e impalpável mundo dos princípios. Lá, a minha estrela guia brilhava emitindo uma luz lúgubre. Seus raios chegavam até mim como o curso perene duma certeza: meu momento havia chegado.

No entanto, habitualmente, me surpreendia com a minha vaidade. Sentia-me vulgar quando cruzava com alguém pelos corredores do fórum, e ouvia vozes servis me dizendo: "Bom dia, Excelentíssimo Senhor". Parecia que nesses instantes, a balança precisa e medidora do meu julgamento pesava para um dos lados; que o número de compêndios normativos da minha estante diminuía, e que o martelo rígido da minha mesa se tornava uma vara torta. Isso é obsceno, não é? E o que fazia para recuperar a probidade e a compostura? Ah! Enfurnava-me em meu gabinete e julgava, julgava desesperadamente conforme me orientavam os códigos.

A busca incessante por uma pureza moral e principiológica tornavam exíguas minhas forças. Confesso que passei a sentir uma soberba fervorosa na minha nova crença. Minha vaidade, senhoras e senhores, resistia com afinco aos ataques da ética e da moral.

Muitas vezes, proclamava discursos para promotores e advogados. Em tais ocasiões, tornava-me uma figura lírica, dá para acreditar? Levava a mão ao peito e estimulava minha eloquência fazendo alegorias banais, para não falar das ocasiões em que cheguei mesmo a encenar algo ridículo diante das partes, antes de uma audiência. Mas quando esta começava, todo o meu espetáculo cessava. Era como se fosse Prometeu, com a chama da sabedoria nas mãos a ponto de repassá-la aos homens, e, depois dum instante, percebendo que estes não saberiam o que fazer com ela, levava-a de volta aos céus, de onde nunca deveria ter sido roubada.

Achava que estava livre de quaisquer interferências no decorrer de um julgamento, mas um caso em especial levantou-me suspeitas do contrário.

Aconteceu, certo dia, de comover-me com a causa de um assassino. Estive a ponto de inocentá-lo, porque seus motivos pareceram-me profundamente nobres. Em realidade, estive a ponto de rejeitar a peça acusatória, porque vi no acusado algo do meu antigo "eu". Ao ser questionado sobre as vinte perfurações que desferira contra o pai, respondera apenas que desde sempre tinha desejado matá-lo, e só não o tinha feito antes por escrúpulos. No entanto, numa bela manhã, a ideia contorceu-se com tanta força em sua cabeça, que sentia que os miolos explodiriam caso não a expulsasse do crânio, sendo assim, não tivera outra opção senão a de matar o pai enquanto este ainda dormia.

Francamente, naquele momento, me vi sentado diante de mim mesmo, anos atrás. A gratuidade daquele ato fizera-me imediatamente ligar-me de maneira estranha ao seu autor. Por um instante, desejei salvá-lo, confidenciar-lhe algumas experiências, e quem sabe conduzi-lo ao seu verdadeiro caminho, assim como tinha acontecido comigo. Normalmente, eu lidava com rigor diante de situações cretinas. Um assassinato qualquer, praticado por um delinquente qualquer, recebia de mim, no mínimo, vinte anos de prisão. Ah! Mas era evidente que estava lidando com outro sujeito singular.

À frente do caso, dispunha de duas alternativas. Se rejeitasse a inicial acusatória, tinha de aceitar a alegação pleiteada pela defesa e conduzi-lo a tratamento ambulatorial. Ou então, submetê-lo ao tribunal do júri, o qual julgava incapacitado para lidar com um caso como aquele, tendo em vista que homens grosseiros são incapazes de entenderem excelsas realizações. Logo, encontrei-me, como alguns dizem, entre a cruz e a espada. As normas de um lado e a não valoração do outro. Mas não era só isso. Meu presente e meu passado se confrontavam ali mesmo, diante de mim, na cadeira do réu, e teria de decidir, de uma vez por todas, se ainda ocupava algum lugar no mundo ou se encontrava-me acima dele, ascendendo rumo à imortalidade.

Por um momento, tentei deixar meu interior falar, mas com espanto, notei que não havia nada lá dentro.

Eu estava oco como uma cabaça.

Nenhum desequilíbrio, nada alterava o compasso rítmico do meu coração. Tive a sensação de ter mentido para mim ao afeiçoar-me àquela criatura. Talvez, por nostalgia, como ocorre nos momentos em que acreditamos sentir falta de algo, mas no primeiro contato com o objeto idealizado, o rejeitamos violentamente. Só havia em mim, se posso assim dizer, uma espécie de pretensão. Seu campo de atuação e influência estavam aquém da minha existência. Em suma, só as leis e seus princípios tinham importância para mim. Era preciso velar por elas. Se existia algum lugar onde a desordem fosse regra, não era no mundo dos grandes homens, senão no exílio melancólico dos fracos e solitários.

No desenlace do caso, acabei designando o acusado para o tribunal do júri, acreditando piamente ter superado meu passado.

A humanidade precisava de ordem, e, estando eu a seu serviço, me distanciava gradativamente dela. Subia e subia cada vez mais. Os homens pareciam para mim como aqueles pontos luminosos vistos da janela de um avião; encontravam-se turvados pela nebulosidade de minhas convicções. Quanto mais almejava uma justiça que se adequasse a eles, mais me distanciava deles, como se isso não bastasse, mais densas também se tornavam as nuvens que se interpunham entre meu julgamento e a realidade concreta do dia a dia.

Chegou um momento em que não pude vê-los mais.

Não é isso uma contradição: julgar cegamente e justamente?

Assim, quando analisava um processo, não existiam mais indivíduos em lide. Haviam partes. Lados de um tabuleiro que pelejavam entre si num jogo sem muito sentido. O importante era estabelecer a ordem. Portanto, não podia olhar com atenção a quem me dirigia. Ao buscar a harmonia entre os homens, estes tinham se tornado dispensáveis. Meus olhos encontravam-se vendados, guiava-me somente pelos princípios universais da justiça. No entanto, tantas abstrações exigiam esforços incomensuráveis.

Vi-me obrigado a cortar completamente laços com o mundo externo. Isolar-se do burburinho provocado pelos homens, não é tarefa fácil. Imaginem, ter de lidar, no dia a dia, com críticas fundamentadas no clamor popular e em achismos; ser criticado por condenar um sujeito que roubou uma quantia irrisória, e livrar de pena outro, cujo crime gerou danos de milhões aos cofres públicos, simplesmente porque seu delito prescrevera.

Assim é que, tudo isto, custou-me caro.

Não raro, deparava-me com matérias jornalísticas acusando-me de cínico ou me diagnosticando com psicopatia. Com certo assombro, descobri também que tinha inimigos em todos os lados, inclusive dentro do fórum onde desempenhava minhas funções.

Certa vez, um advogado que atuava na nossa comarca, conhecido por seu temperamento humanista, criticou-me severamente diante dos microfones, chamando-me de inimigo do povo e de desequilibrado. Não reagia a este tipo ofensa, é claro, mas perguntava-me se desequilibrado não era ele, que livrava de pena criminosos periculosos à sociedade. Aonde queria chegar com aqueles seus discursos inflamados sobre a ineficiência das leis? Acreditam, senhoras e senhores, que ele chegou a berrar nos microfones que o Estado e as leis eram o povo? Ah! Como é belo dizer que o Estado e suas leis são o povo, como se o povo não fosse um aglomerado de indivíduos propensos a auferirem vantagens individuais ao menor descuido, em detrimento do bem-estar coletivo. Asseguro que, por nada, um homem é capaz de cortar a garganta do outro e não sentir nenhum remorso. Exemplos nos jornais policiais não nos faltam. Por isso, criamos essa entidade unitária e abstrata chamada "povo", apenas para não perdermos a fé no homem, tamanho seu egoísmo e seu desejo de morte.

Mas além dos inimigos, descobri também que haviam aqueles que me idolatravam. Por exemplo, um pai de família que assistia a uma audiência e via-me sentenciando com rigor o violador de sua filha. Em suma, todos os indivíduos lesados que se sentiam amparados pela lei, reverenciavam-me apaixonadamente. Devo confessar que não foi tarefa fácil manter meu juízo intacto perante tamanhas bajulações. Cartas elogiando minha probidade, convites convidando-me para participar de solenidades e cerimônias choviam à minha porta. Mas resguardava-me o tanto quanto podia, pois sabia que precisava manter meu isolamento, minha imparcialidade, e, por conseguinte, a posição elevada conferida pelo cargo.

Fora do trabalho via pouca gente. Minhas relações se resumiam aos afazeres do ofício. Acontecia, vez ou outra, de me relacionar sexualmente com advogadas bem-sucedidas, mas esses relacionamentos polidos e enfadonhos terminavam rapidamente, sem maiores alvoroços. Não tinha olhos, senão para o esplendor do meu nome, e para o brilho feérico de minha estrela guia. Tantos recolhimentos e abnegações – auto impostos por um jovem – não são motivos de admirações? No entanto, para minha insatisfação, aos trinta anos, ainda sentenciava na primeira instância de uma vara sem holofotes. Queria mais, precisava de mais, muito mais...

Portanto, cada vez mais, exigia de mim esforços sobre humanos e comedimentos severos. As leis eram meus destacamentos imaginários, desse modo, tinha de saber muito bem como manejá-las; minha glória e imortalidade dependiam exclusivamente disso. Sem as leis, sentia-me fraco, desamparado, quase nu. Mas quando eu desfilava pelos corredores do fórum com um compêndio na mão, vestindo meu terno escuro, de cenho cerrado... Ah! Vocês precisavam ver. Tornava-me uma figura intocável, temível. Nessas ocasiões, tinha a impressão de flutuar, e então, flutuando, me dirigia ao meu gabinete e cerrava-me nele, buscando ardorosamente a pureza imaculada das leis.

Mas não se foge assim, tão facilmente, mesmo com obstinada força de vontade, aos contrassensos ditados pela vaidade. Ao isolar-me do restante do mundo, enclausurando-me voluntariamente na torre dos meus conceitos, tinha deixado de alimentar o animal famélico que havia dentro de mim. Este não havia deixado de sentir fome. Falo do orgulho, senhoras e senhores. Desse sentimento que nos aproxima do brio. Sem dúvidas, enquanto buscara na teleologia da lei diagramas principiológicos capazes de transformarem o mundo num paraíso justo, tinha deixado de inflar algo imprescindível para minha imortalidade e glória.

Deixara de nutrir a chama do meu amor-próprio.

Um líder, prestes a entrar para a história, não pode ser indiferente ao clamor popular, contudo, não pode igualmente tornar-se dependente dele. Tentem imaginar a figura de um Deus que, ao invés de impor à força sua qualidade de ente divino, isola-se e concede às criaturas do seu reino o livre arbítrio para adorá-lo ou não. O que acham que aconteceria com ele se todos não lhes prestassem as devidas homenagens? Em primeiro lugar, se enterneceria com facilidade diante de qualquer oferenda posta em seu altar, por mínima que fosse. E mais, sentir-se-ia tentado a tomar partido pelos seus súditos, em detrimento daqueles que não reconheceram sua magnanimidade. Com o tempo, começaria também a imputar castigos aos ímpios e descrentes, pois se eles não tinham reconhecido sua santidade, muito provavelmente, fora porque ainda não tinham se dado conta da grandiosidade do seu poder, e, por isso, fazia-se necessário demonstrá-lo.

Resumindo, essa divindade tornar-se-ia carente de atenção e ao mesmo tempo rancorosa.

Algo semelhante aconteceu comigo.

Esperando pelo reconhecimento incondicional de todos sujeitos à minha jurisdição, já que julgava estritamente conforme as leis, que nada mais eram do que a vontade decodificada da maioria, acabei ressentindo-me com a parcela da população que não reconhecia em mim essa obediência cega ao ordenamento jurídico. Sem dar por isso, comecei a olhar com bons olhos aqueles que elogiavam minha probidade e a equidade de minhas sentenças. Nisso, tornava-me complacente com as decisões que lhes favoreciam, já que essas pessoas, viam em mim, um tipo de salvador, de justiceiro. O certo é que, contra aqueles que me criticavam, passei a dirigir-lhes todo o meu ranço e rancor. A partir de então, o círculo delimitado pelas leis do qual eu era o centro rompeu-se abruptamente, e daí em diante, aos meus olhos, havia uma linha que separava a sociedade em duas: o lado dos cidadãos de bem, que respeitavam a justiça e as leis, em oposição ao lado dos subversivos, que deveriam sucumbir à norma ou serem eliminados.

Um caso em especial marcou-me esse limite divisório.

Um belo dia, no decurso de um processo, uma figura bastante conhecida em nossa cidade, viu-se envolvida em um crime que causou bastante comoção. Não é preciso dizer que os jornalistas cobriram o caso com excessivo sensacionalismo e indiscrição. Em poucas semanas, todas as câmeras da cidade, inclusive algumas do país, se voltavam para o caso e para mim. A isso, é claro, atribuo novamente a força da minha estrela guia, que havia voltado a brilhar e dirigir-me sua luz incandescente, já que, por aqueles tempos, ela andava lânguida e bastante opaca. Sentia que a situação se mostrava a meu favor, pois aquele caso poderia alavancar o meu nome para o patamar elevado, cuja altura sempre imaginei que um dia viria a ocupar. Não cabe aqui pormenorizar os autos do processo. Vale dizer apenas que, de antemão, havia condenado o réu antes mesmo de analisar as provas nos autos. Por que? Por dois motivos. Andava carente de atenções, desse modo, ver uma parcela de indivíduos da sociedade, clamando pela condenação do investigado, enquanto ostentavam faixas com o meu nome, engrandecendo o meu trabalho, até então irreconhecido, ao mesmo tempo em que me conferiam o ofício de paladino da justiça, mexeu profundamente comigo.

Todo o clamor envolta da minha figura fez novamente o meu orgulho crepitar a todo vapor. Mas isso não foi tudo. A absolvição do réu significava mais, muito mais. Significava destruir toda a crença que havia acalmado meus ânimos. Livrar aquele homem

– confesso que havia *fumus bonis iuris* pra isso – significava atacar a imparcialidade e a transcendência das leis. O que se discutia no processo, no fundo, não se tratava da inocência ou da culpa do acusado, versava, senão, sobre o respeito ou não à constituição e aos seus princípios. Optar pela sua inculpabilidade seria o mesmo que declarar que as leis nada diziam, que não tinham valor fora do clamor popular duma maioria ensandecida e atiçada pelo fervor do momento (creio que noventa por cento da população de nossa cidade desejava sua inocência). Em outras palavras, significava retirar a força e a razão das normas e conferi-las a um povo desordenado e embrutecido. Por outro lado, condená-lo, significava dizer aos homens que eles deviam submissão às estruturas superiores de poder; comandadas por uma parcela de indivíduos capazes de velar pela ordem e pelo progresso da nação.

Compreendi, no decurso deste processo, que a imparcialidade das leis só pode ser garantida pela parcialidade de alguns homens. Estes são responsáveis pela sua aplicação e zelo. Ignorar-lhes a superioridade é declarar que todos são iguais em capacidades e virtudes. E é claro que não acredito nesse tipo de igualdade. Ninguém a desejaria, é certo. Nem todos suportariam o peso da escolha e do julgamento. Por isso, manifestei-me pela condenação no final do processo. Vê-se, pois, que ferveram opiniões criticando meu posicionamento. Mas isso não tinha importância, pois a ordem seria mantida. Aliás, uma minoria da sociedade seguia me idolatrando; eles sim!, me interessavam, já que detinham as rédeas do poder e a chibata para comandar e castigar a maioria quando fosse necessário.

Era isso, afinal. Continuava com minha vocação para julgar e minha aspiração ao pódio. Sentia que estava cada vez mais próximo da imortalidade. Minha estrela guia destacava-se das demais. A isso, não posso omitir, devo também às relações que estabeleci um tempo depois com certas figuras poderosas. Ó! Se agi injustamente a partir de então? A injustiça, senhoras e senhores, explico. A injustiça é uma pedra no sapato de homens angustiados e fracos. Eu? Eu tinha coragem, uma mente ardilosa e um futuro brilhante pela frente.

4

Concordemos, caros leitores, a minha história não é extraordinária? Se não for assim, ao menos teremos de admitir a singularidade do meu destino. Há indivíduos, com garra, que nadam e morrem na praia. Eu, pelo contrário, nunca tive de fazer demasiado esforço para alcançar meus imponentes objetivos; o curso da maré esteve sempre a meu favor, simples assim. Quando não sabia qual direção tomar as ondas do mar – permitam-me aqui fazer uma breve alegoria, já que estas são, em certo sentido, atrações e repulsas de um universo misterioso e turbulento do qual não detemos o controle, assim como também o é a vida – dito isso, posso prosseguir, as ondas do mar, conduziam-me, às vezes, em meio à turbilhões, às vezes, em meio às calmarias, ao embarcadouro seguro de uma ilha cuja circunscrição viria indubitavelmente conquistar. O meu reino estava garantido e o devir era-me sempre generoso.

Ó! Mas já que estou no campo das alegorias permitam-me fazer uma mais. Pois bem. Já perceberam que somos, em certo sentido, ilhas ambulantes? Homens insulares inseridos em arquipélagos sociais? Rá rá. Senhoras e senhores, estas ilhas se ligam umas a outras pelas pontes da afinidade ou do rancor, não há mistério nisso. Os meios pelos quais os seres humanos edificaram tais acessos fascinam-me excessivamente.

Ao longo da história os homens ligaram-se uns aos outros matando-se mutuamente. Só puderam auto afirmarem-se por meio do ódio e da carnificina. Alguns dizem que o amor é capaz de estabelecer o elo entre os indivíduos. Porém, não conheço exemplos, no decurso da humanidade, de alteridade sendo conquistada por meio pacífico. Nunca vi um sujeito reconhecer a identidade e a liberdade do outro beijando-lhe o rosto. Enquanto que... Ah! Deixemos disso. A utilização da espada e da pólvora não merecem maiores explicações.

Adiante.

Estava, portanto, ligado a um determinado número de homens por questões de afinidades, e, sobretudo, de interesses. Todos nós desejávamos pairar acima dos demais. E quanto mais alto planássemos, melhor. Para alçar este voo tínhamos então de nos unir. Às vezes, contra nossas vontades. Havia indivíduos que não suportava a presença nem de longe. Estes esgueiravam-se até mim como lesmas, deixando um rastro gosmento por onde passavam, que eu tentava evitar mantendo-me o mais distante possível, no entanto, sabia que era impossível não me sujar em meio àqueles animais rastejantes.

O próprio mundo, a meu ver, era uma cloaca emporcalhada. Por isso, buscava um lugar no alto, com ares límpidos, onde pudesse evitar o odor fétido da sociedade, razão pela qual tive de fazer certas concessões. Os apertos de mãos e os cumprimentos calorosos tornaram-se, para mim, obrigações inevitáveis.

"Excelentíssimo senhor juiz". Eles me diziam, estendendo-me suas patas sujas. E com um sorriso comedido, talhado forçosamente no rosto duro, devolvia aquela afabilidade com certa seriedade apertando-lhes duramente a mão, para, logo em seguida, limpá-la disfarçadamente no bolso interno do paletó.

Que imundície!

Quem eram estes sujeitos, afinal? Indivíduos de toda a espécie. Banqueiros, políticos, latifundiários, empresários. Não teria aqui como enumerá-los. Faltar-me-iam linhas e uma boa quantidade de paciência também. Quanto aos homens de negócio, vos digo, ao saberem com quem estavam lidando, perdiam logo a formalidade e partiam para reverências corteses e pegajosas. Faziam reminiscências ao legado de meu avô, enquanto teciam longos elogios a papai e à sua maneira de conduzir os empreendimentos da família. Acima de tudo, enalteciam minha decisão de abdicar-me dos negócios empresariais para dedicar-me exclusivamente à justiça. Se notava certo cinismo nesta colocação? Senhoras e senhores, na grande maioria dos casos, o cinismo é apenas uma máscara que exibimos antes de expormos uma convicção. Esses senhores tinham para si que o que fazíamos era justo. A justiça deles, resumia-se em ser justo para consigo mesmo.

"Às suas cabeças, láureas e louros, às dos demais, coroas de espinho, e, se preciso for, a guilhotina".

Encontrava-me inserido novamente no universo do egoísmo e da satisfação pessoal. Não existia moral ou princípio no mundo destes senhores. Avante o egoísmo desenfreado, eis o lema deles. No entanto, para colocá-lo em prática, fazia-se necessário a utilização de um método, cuja eficácia baseava-se na negação.

Foi o que me arrebatou de chofre: um método!

Não se tratava, portanto, de mera dispersão, de fazer o que convir sem ligar-se a nada. No passado – como vocês devem ter notado – satisfazia-me desenfreadamente apenas para provar que podia ir adiante sem nunca olhar para trás. Era capaz de ajudar um cadeirante atravessar a rua numa esquina, e no próximo cruzamento atropelá-lo sem o menor remorso. Minhas condutas objetivavam um grito suplicante; uma autoafirmação baseada na indiferença e na anarquia dos instintos. Porém, agindo assim, só consegui angariar uma solidão mórbida; do que adiantava provar essa superioridade de espírito, se o resto do mundo não a reconhecia e nem fazia ideia do tamanho da sua grandeza?

Dir-lhes-ei uma verdade: os homens repudiam a anarquia. Necessitam das leis e dos compêndios. Sem ambas, não conseguiriam exigir de si, nem dos demais, coletividade, tampouco moralidade. As regras que edificaram nossa civilização nos impedem de mergulharmos num banho de sangue, no qual os homens se extinguiriam. Não suportamos a ideia de aniquilação e esquecimento. Somos orgulhosos demais para isso. Então, abdicamos da anarquia em favor destas convenções. Decidimos, da noite para o dia, que tudo o que nos ameaçava, ou, devia sucumbir, ou, ser dominado. Mas destruir o mundo e eliminar todos os homens é destruir a si mesmo, por conseguinte, nada mais justo do que submeter aquilo que não nos convém ao nosso domínio e aos nossos propósitos. Eis então que, num momento de lucidez e clarividência, criamos as convenções. No entanto, há uma fome que nunca é saciada por encontrar-se ligada ao homem devido à sua condição de escravo e de servo da morte; ela lhe sussurra silenciosamente por detrás dos seus discursos e das suas intenções. "É preciso destacar-se e não passar despercebido", lhe diz sorrateiramente durante o dia. "Assenhorar-se de tudo e de todos para que seus súditos reconheçam a magnitude e o desespero dos senhores!", grita-lhe convulsivamente na calada da noite.

Era essa a combinação essencial do método pelo qual tinha me encantado: dominar, e, sobretudo, escravizar.

Essas figuras poderosas, às quais me encontrava ligado, não conseguiam se auto afirmar sem se assenhorarem de tudo. Como se isso não bastasse, tinham também de negá-lo ao próximo ou à maior quantidade possível de indivíduos. Era-lhes de suma importância deterem a propriedade sobre todas as coisas e sobre todos os meios; isso incluía, é claro, os corpos e as consciências dos seus escravos.

Certa vez, conheci um casal, tido por modelo entre nossa gente, que me confessou abertamente ser incapaz de sentir prazer sem ter um terceiro servindo-lhes incondicionalmente. De corpo e alma, como me disseram. Ah! Acreditam nisso? Sim, sim. A indecência e a devassidão entre a realeza, alcança alturas estratosféricas. É claro que a camuflavam da melhor forma possível. Participavam de casas de swing às escondidas. O moralismo destes indivíduos beira o grotesco. Mas estou perdendo o fio da meada! Concentremo-nos no fato destes senhores não conseguirem viver sem terem escravos servindo-lhes constantemente.

Vejam como pensavam. Uma figura bastante elucubrativa do meio, disse-me, numa dada ocasião, que não chegou a ter filhos, mas que se arrependia profundamente disso, tendo em vista que se privara de possuir uma criatura cosida à sua imagem, na qual pudesse mandar e, sobretudo, depositar suas culpas e frustrações.

"Torna-se pai", falou-me com convicção, "e brinca-se de tornar-se Deus".

Chego a pensar que havia algo de paternal e de messiânico no método de dominar e de negar desses senhores. Negavam aos seus filhos bastardos, isto é, ao povo, tudo o que pudessem. Eles é quem tinham edificado o mundo tal como era, por isso, não restavam aos demais senão obedecê-los. Dessa negação, almejavam antagonicamente um reconhecimento. "Sou o seu senhor, você não é nada, sirva-me!". Estes homens queriam ser reconhecidos como seres superiores, através da opressão que infligiam aos seus subordinados. No fundo, acreditavam que agiam com boas intenções; diziam que a pobre criatura nunca sabia o que queria e nem o que era bom para si. Em suma, o pai pode ser duro, mas sempre quer o bem ao filho, da mesma maneira que nunca se questiona os desígnios de sua providência, pois ele sabe o que faz. Negar-lhes a condição paterna? Não havia como, para isso, existia o método, por demais eficiente, do qual todos tomávamos parte. Sua eficácia residia na imposição da insegurança respaldada pela violência legal. No entanto, limitar-me-ei ao meu papel. Falarei da função que desempenhava entre eles.

Meu papel, senhoras e senhores, consistia em justificar as ações desses sujeitos, em justificar seus crimes, porque até os crimes precisam ser justificados, caso contrário, tudo não passaria de anarquia e gratuidade, coisas que, afinal de contas, não satisfazia o ego e as incertezas desses homens.

Suas ações passavam por cima de tudo. Nada os freava. Nem leis, nem Estado. Este último, em realidade, para eles, era um conceito frágil, já desgastado por outras visões de poder. Anteriormente, tentaram valer-se dele para impor suas concepções de mundo, mas o mundo mudara, e com ele, a opinião pública, que agora condenava a presença de um ente público forte e onipotente, visto no passado, para fortalecer-se, o Estado tivera de beber demasiado sangue para impor suas medidas violentas e ditatoriais. Ah! Mas as agressões e o sangue não são mais suportados pela nossa democracia. Atualmente, esta nauseia-se com facilidade; seu estômago tornara-se sensível, e o seu caráter delicado. Nossos democratas dão um show de cinismo e hipocrisia, não é mesmo? Rá rá! Para sustentá-la, digo, para manter de pé a nossa democracia, saibam, senhoras senhores, é de suma importância que as abstrações e os conceitos que a consolidam, encubram as desigualdades e as agressões que existam de fato; digo isso, porque desde que o homem se dispusera a reinar só e absoluto, exortando o criador dos céus ou qualquer princípio supremo da consciência, a mentira vingara com exuberância e tornara-se soberana, por conseguinte, a base de toda fé e religião democraticamente ocidental.

Mas voltemos ao meu papel.

Esses senhores não podiam agir às claras. Havia câmeras e julgamentos no ar. Num mundo onde a vitória e a conquista só podiam ser conquistadas através da dissimulação e da mentira, eles precisavam agir respaldados por uma suposta legalidade. Era aí que eu entrava. Muitos desses indivíduos, aos quais prestei meu serviço à época, admitiam sem ressentimento algum, terem, no passado, integrado o Estado terrorista que nos governara por mais de vinte anos. Mas como disse, os tempos haviam mudado – apesar dos seus interesses continuarem os mesmos (reinar, só e somente só) – e diante da nova realidade, eles precisaram acompanhar o andar da nova carruagem. Agora, as leis eram invocadas ao invés dos fuzis.

Concordemos: a eficiência para escravizar tornara-se menos dispendiosa. Foi aí, que soube, então, que somente dois princípios regiam o nosso direito: a mentira e a força.

Depois de longas reflexões, concebi a profundidade ambígua do nosso sistema jurídico. As leis não podiam, nem nunca deveriam representar a justiça. Vejam que nenhuma lei nos obriga a praticar o bem, se entendermos que ser bom é ser justo. Ao contrário, nossas leis só implicam restrições. Sua essência, senhoras e senhores, reside na violação, já que só se restringe aquilo que, no fundo, se deseja. (Já perceberam que quanto mais são desrespeitadas mais se tornam rígidas?). Nossos tribunais são incapazes de erradicar o mal social, porque a sua razão de existir, tal qual os fundamentos basilares dessas instituições, reside exatamente na própria injustiça. Nosso direito é um instrumento de brutalidade. O que quero dizer com isso? Que o nosso direito é uma opressão esmagadora, e sua violação, uma necessidade; um dever.

Sem essa violação não haveria história, por conseguinte, os homens sentir-se-iam desolados por não terem a oportunidade de verem os seus nomes gravados nos anais do tempo. A relação conflituosa e sangrenta entre o dominado e o dominante é a narração de toda a nossa história moderna. Nós, juízes, figuramos sempre do lado mais poderoso. Não poderia deixar de sê-lo; se assim o fizéssemos, teríamos de abrir mão da toga e nos fundirmos na multidão. Com toda sinceridade, vocês acham que por algum momento, a altivez dos nossos magistrados deixaria que isso acontecesse? Rá rá. Quantos juízes vocês já conheceram que não fossem um poço de orgulho e vaidade?

Pois bem, dito isso, vossas senhorias entenderam melhor a base de minhas relações.

A partir do momento em que a balança do meu julgamento favoreceu pesadamente um dos lados, o meu anonimato se evaporou com uma velocidade incrível. Os desesperos por reconhecimento não me cegavam mais, ao contrário, os raios reluzentes da minha estrela guia é que ofuscavam meus olhos. Os flashes das câmeras fotográficas e das filmadoras voltadas em minha direção, para capturar a imagem severa e ilustre do meu cenho durante uma entrevista, também me cegavam.

Poucos meses servindo à justiça desses senhores renderam-me um reconhecimento amplo. Sem falar nos títulos honoráveis de instituições de poder e de ensino expedidos em meu nome. Reconhecimentos estes que, se não os julgava indignos, recebia-os de bom grado, dominado por uma indelével satisfação.

Tais distinções levaram-me longe. Fui favorecido com inestimáveis concessões. Não se espantem se lhes disser que, o meu rosto, estampou capas de revistas de grande circulação em território nacional. A boa opinião pública, isto é, a opinião daqueles autorizados pelo campo midiático a emitirem seus indiscutíveis pontos de vista, favoreciam-me cada vez mais, tornando o meu poder ainda mais influente e respeitado. Seria piada se lhes dissesse que, graças à minha fama repentina, arranjara um casamento meritório? Este não passou despercebido por meus concidadãos e pela imprensa nacional, visto não ser todos os dias, que um servidor da justiça, patriótico e honrado, se casa. Mas deixemos de lado as sombras projetadas pela minha luz faiscante. Falemos sobre a fonte dessa irradiação, cuja origem era meu reconhecimento repentino.

Algumas poucas sentenças e... catapimba! Um favorecimento aqui e outro acolá outorgaram-me, da noite para o dia, o título agraciado de celebridade do ano. Poucas decisões foram suficientes para transformaram-me no guardião da segurança jurídica nacional, dá para acreditar? Vejam o quão imoral é o reconhecimento. Enquanto estive incansavelmente atrás da justiça, buscando-a desesperadamente nos códigos e nos princípios do nosso direito pátrio, não era mais que um reles juiz conhecido por seu temperamento intransigente. Bastou-me, no entanto, elevar o interesse pessoal de algumas figuras ambiciosas, acima dos interesses do povo, para que, em poucos meses, me visse na condição de representante de todo um sistema de valores inestimáveis.

Nação e moralidade, passaram, então, a se remeterem ao meu nome, o qual fora designado para assumir a docência numa universidade conceituada de nosso país. Ministrava palestras aos membros do poder judiciário e aos centros estudantis, de norte a sul do país. Imaginem o quanto o meu peito se estufava, e a minha voz inspirava respeito, quando dizia aos meus interlocutores: "Acima do direito, somente a justiça!". É claro que, em meio as ovações de boa parte do público, sempre tinham aqueles que me gritavam impropérios, mas estes estavam mais preocupados em desempenharem seus papéis de revoltados, do que efetivamente contraditar o que eu dizia. O espetáculo deles não estava à altura das minhas ideias, nem do meu poder. Ademais, o que eu opinava enrijecia qualquer assunto; estava legitimado a encerrar qualquer debate. Minha fonte legitimadora provinha de um campo especializado em pôr fim à opinião desorganizada do povo. Esses senhores, a quem eu servia, dominavam as palavras da imprensa, repetidas, dia após dia, nos mercados e nas rodas de conversa. Além do mais, o cargo me colocava numa posição privilegiada, de onde podia emitir meus pareceres sem ser contraditado.

Digo sem ressentimentos: servia ao interesse de poucos para reinar sobre os demais. E como imperei, senhoras e senhores. Como imperei!

Vocês precisavam ver com que seriedade desempenhava o meu papel. Professava nas minhas palestras, diante de um público extasiado, a importância do zelo às instituições. Permitia-me descaradamente o cinismo e o jogo duplo, pois nada daquilo tinha-me realmente importância. Se eu conquistasse o meu espaço na história, o resto, para mim, não passava de poucas migalhas. Se a verdade é que não há verdade alguma, que nada é verdadeiro, que nenhum valor supremo ou entidade divina influência na tomada de decisão dos povos, permitamo-nos a mentira, caros leitores. O importante, diante de um mundo estéril, vazio e sem horizontes, não pode ser outra coisa senão o domínio sobre os homens e suas consciências. A história põe-se ao lado dos poderosos, e a imortalidade só é garantida aos grandes homens e às grandes nações. Tudo é permitido (Dostoiévski tinha razão), desde que o método para alcançar os fins seja eficiente.

Para mim, em suma, bastou-me jogar o jogo dos poderosos e valer-me da dissimulação para conquistar de modo eficaz o que desde sempre estivera destinado a obter: clamores e atenções desmedidas.

Sabia que o meu cenho despudorado seria lembrado, por alguns, com rancor, todavia, minhas sentenças seriam recordadas por séculos nas cortes dos tribunais, e somente isso tinha-me realmente importância. Tais decisões mudavam o rumo da história jurídica de nosso país, então, vocês acham que eu estava me lixando com o desprezo de alguns homens? Ah! O meu reconhecimento não podia ser posto em risco, porque alguns indivíduos me chamavam de déspota e fascista. Chamassem-me do que quisessem, o que eu enxergava estava além de qualquer obstáculo mundano, e isso incluía a ética e a moral.

Os fatos narrados até aqui não são benemerentes, concordo, entretanto, meditem sobre suas vidas, vasculhem seus passados, talvez encontrem algo tão sujo quanto o que acabo de lhes confidenciar. Não temos, todos, vergonha ou medo, de algo escamoteado da memória? Um gesto egoísta, um ato de má-fé? Não? Ainda há espaço para santos em um mundo onde todos são penitentes e culpados?

A inocência, senhoras e senhores, fora suplantada pelo abstrato conceito da liberdade. Outrora, ainda podíamos expiar nossos excessos, diante de um altar ou de um princípio, agora, somos todos livres e culpados e não há remédio para isso. Ninguém quer assumir a liberdade culposa de um ato grosseiro. Inversamente, para uma ação grandiosa, de boa-fé, sempre haverá aqueles que lhe reivindiquem a autoria. Ah! Nossos humanistas. Sempre preocupados com o aperfeiçoamento da humanidade. Mas voltemos a falar dos homens, de suas singularidades, e deixemos os humanistas preocupados com suas abstrações. Estes são incapazes de amar ou odiar o homem, pois vivem em um mundo distante do exílio habitado pela criatura amada; vejam o quão inflamado são os seus discursos, recheados de conceitos desfigurados e alheios aos homens. Rá rá. Não passam de ideólogos preocupados em serem reconhecidos como anjos. Quanto a mim, não tenho receio de lhes confidenciar minhas faltas; resta-me somente a vã esperança de que se identifiquem comigo, pois, de certo modo, estamos todos sujos; somos todos culpados.

Pois bem. Estando ao lado do poder, satisfazia outra coisa além do meu anseio por reconhecimento, isto é, exercia poder. Minha força tinha de estar acima de tudo. A simples ideia de ser submisso a qualquer autoridade me revoltava fortemente. Dantes, abandonara Deus e a religião ao descobrir o quão descabido e insignificante era ter pavor da dúvida e da morte. Os dogmas religiosos implicavam uma fé submissa, que negava a própria grandiosidade da matéria, por conseguinte, a certeza da carne e da vida. Posteriormente, reneguei também a anarquia, pois no fundo, servindo-a, tornava-me servo do instinto e da autopreservação. Mas o homem não se contenta somente com sua sobrevivência. Ele deseja preservar-se, é um fato, mas essa preservação, ao negar tudo o que não for satisfação pessoal, supõe uma submissão à morte da qual não pode se livrar. Se nega tudo, será lhe negado o reconhecimento pelos demais, que ele próprio não reconhece; no final das contas, essa criatura sem rédeas desaparecerá levando consigo uma liberdade plena que somente ele reconhece e sente possuir. Em suma, preocupado somente em preservar-se, paradoxalmente, este super-homem anarquista estará fadado ao esquecimento e à morte, única senhora por ele reconhecida. Em último estágio, deitei mão também da legalidade e da racionalidade jacobina; estas implicavam submissões a princípios transcendentes e legais, que, no fundo, castravam-me o orgulho e a vaidade em favor de um moralismo religioso sem Deus.

Tudo me figurava submissão, e era preciso mandar de tal forma a ter reconhecido somente o meu poder. Não me incomodava estar submisso a alguma autoridade, visto que, de certo modo, todos estamos submetidos a um certo tipo de determinismo histórico (autoridade), que nos condiciona a um passado do qual não fizemos parte, nem contribuímos. Para mim, o primordial, consistia em estar disposto a tudo para conquistar o trono e assenhorar-se da coroa. Aí então, poderia reescrever a história e não haveria mais senhores a quem servir. (Chegará mesmo esse momento em que o senhor absoluto triunfará sobre a terra de modo irrestrito?).

Hoje em dia, não me custa confessar: tenho agido um tanto quanto senhor, um tanto quanto escravo. Ó! Mas antecipo-me o tempo todo. Não chegou a hora de tratar sobre isso. O meu desejo ardoroso de elevar-me acima do tempo e de subscrever o meu nome na história é a razão pela qual me adianto assim de maneira tão recorrente. Sejam indulgentes, senhoras e senhores. Compreendam que estão a ler o relato de um homem que sente com demasiado peso um único grão da ampulheta do tempo. A vida urge e o esquecimento se aproxima. Mas não nos desesperemos! Onde tinha parado? Ah, sim! Na satisfação do meu desejo pelo poder.

Ao colocar o interesse privado acima do direito, metamorfoseava os interesses pessoais em interesses legítimos. Sendo assim, interpretava a lei conforme meu próprio interesse. Dessa hermenêutica parcial, (há alguma que não seja?) eu retirava vantagens indevidas. Nosso sistema normativo, como todos os outros, era frágil, razão pela qual o meu poder era imenso, quase o de um Deus. À frente de um determinado caso, cheguei mesmo, para blindar uma figura importante, a suspender a aplicação da lei – sem qualquer pudor – sob a justificativa de preservar o direito. Cômico, não? Suspendem-se as normas com a desculpa de preservá-las. Rá Rá. Assim, eu imperava, utilizando manobras dignas de aplausos.

Um ilusionista! Era isso o que eu era.

Valia-me sempre das inúmeras possibilidades interpretativas que podiam ser aplicadas a um caso concreto, de suas ambiguidades, e então, entravam em ação os meus conceitos jurídicos e minhas artimanhas em dominar os ritos processuais. Alegava, antes de tudo, a segurança jurídica e a ordem pública. Por isso, meus atos sempre aparentavam ter um caráter legal. Contudo, suprimia a lei para sentenciar minhas vontades, minha justiça desigual. Não existia norma que não pudesse pesá-la com dois pesos e duas medidas. E enquanto a minha balança pendia para um lado, eu planava acima das leis e dos homens, sentindo-me um verdadeiro super-homem. Até o dia em que... Até o dia em que dei um rasante e por pouco não me esborrachei contra o solo.

Bem, sejamos justos, ao menos quanto a isto. Minha natureza é de tal maneira que não consigo separar-me da terra e de suas questões mundanas por muito tempo. A sensualidade corre em minhas veias, senhoras e senhores. Minha libido é incontrolável. Não posso mais adiar esse assunto, embora expô-lo envergonha-me bastante. Mas este relato não é somente uma confidência exitosa e plena. Não desejo lhes apresentar somente meus méritos. Ademais, essa queda também me ensinou alçar voo.

Certa vez, conheci um sujeito poderoso, que me confidenciou sua trajetória vitoriosa repleta de altos e baixos. Nietzsche ensinara-me que a superação e a escalada ao cume da condição humana pressupunham um trabalho árduo e sofrido, até mesmo sobre humano. Mas este homem, que não era filósofo, mas sim, mestre dos negócios, ensinou-me o caminho inverso para o sucesso, mostrando-me, por mais espantoso que isso possa parecer, uma certa fabulação na filosofia nietzschiana. Lhes garanto que a genialidade dessa alma consistia em ser ardilosa, e, paradoxalmente, rude. Tal figura, inventou uma história sobre homens pássaros, que tratou de me contá-la em um de nossos encontros. Estes, no seu dizer, gostavam de planar acima das nuvens, sem se preocuparem com os riscos que podiam infligir o cansaço e a fadiga muscular. Tais indivíduos não descansavam nunca, pois estavam sempre rumando para o alto, subindo e subindo cada vez mais. Sem embargo, quando caiam, devido à falta de fôlego, o espetáculo era terrível; esborrachavam-se e morriam porque tinham desejado demais, imprudentemente, já que nunca olhavam para baixo; os seus olhos estavam sempre postos no azul-celeste do céu. Ao se esquecerem das armadilhas do corpo, caiam. Sua dica – a que também tinha seguido à risca – era a de voar a uma altura segura, olhando sempre para baixo; não se elevar nunca acima de um limite permitido, pois quando caísse, sobreviveria. Só após estas sucessivas quedas, era possível encontrar um ponto de apoio de onde então se podia olhar para baixo e assistir todo o espetáculo da sordidez humana. Em suma, o êxito e a ascensão de sua teoria provinha de um certo tipo de moderação.

Nem desejar ardorosamente, nem se contentar com a modéstia dos tolos.

Mas carregava algo dentro de mim que me afastava dessa serenidade granítica. A minha carne era viciada, e o meu espírito irreconciliável. Além disso, nunca tinha deixado de olhar para baixo. Foi justamente a visão de uma presa indefesa, apetitosa e rastejante, que fizera a ave de rapina, presa dentro de mim, mergulhar vertiginosamente de garras abertas ao seu encontro.

Sem mais rodeios. Vamos à caça.

5

Depois de minhas conquistas e de todo o reconhecimento, é medíocre que tenha voltado a sucumbir por causa do corpo. Nessa altura, encontrava-me bem resolvido e casado com uma digníssima mulher, cuja aparência ajudava-me a sustentar a imagem de julgador sereno e probo; em suma, um homem de família. Ainda assim, não posso deixar de reconhecer que, meu sangue, mesmo coagulado – em virtude dos ofícios de pretor – nunca havia deixado de perder o seu calor inato.

Meu casamento, como podem imaginar, possuía a temperatura frívola da conveniência. Mais valia sustentá-lo para evitar julgamentos do que qualquer coisa. Numa sociedade, um juiz virtuoso não pode ficar sem alguém para lhe acalentar nos braços, após um dia de combate contra a imoralidade e a corrupção. A aparência, senhoras e senhores, quando se vive na indecência, é imprescindível. Portanto, aparentava ser tudo aquilo que de fato desdenhava: um homem de família, preocupado com a justiça e com os interesses nacionais. Rá Rá.

De justiça e interesses nacionais eu entendia meus próprios interesses. A justiça que acreditava existir só podia ser exercida de maneira cruel e vertical. Quanto ao homem de família, causa-me risos, causa-me risos. Todos esses valores (família, liberdade, vida, justiça, pátria e etc...) eram-me alheios. Não conseguia validá-los, porque suas essências pressupunham a destruição do meu EU, em constante ascendência à morada eterna da história. Todavia, tinha de utilizar-me desses valores para ludibriar os indivíduos ao meu entorno e conquistar a imortalidade. Resumindo, vivia o jogo duplo da imoralidade e da hipocrisia.

Foram vários os proveitos que obtive disfarçando-me de pretor da justiça. Além dos vivas e das aclamações de sempre, passei também a ser recompensado por mulheres conhecidas em nossa sociedade. Elas enxergavam em mim o Deus de seus corpos e de suas consciências. A despeito dessa vida dupla, me enveredei por aventuras recheadas de perversões e traições. Muitas de minhas amantes deitavam-se comigo numa noite, e, no dia seguinte, sabia que elas estavam ao lado de seus amáveis esposos, quando estes me ligavam para me bajularem e me pedirem favores. Essas senhoras, devo confessar, proporcionaram-me o único consolo digno na época. Deitava-me com elas em um leito sem futuro e sem passado, onde não haviam compromissos. Normalmente, nos encontrávamos na condição de criaturas enfastiadas com as aparências impostas pelas imagens que sustentávamos perante a sociedade, por isso, quando nos livrávamos das carapaças de bons cidadãos, o nosso prazer era compartilhado intensamente.

Tudo foi bem até o dia em que conheci uma de minhas estagiárias. Sua figura revelou-me o lado débil de minha condição. O meu efetivo desempenho nos tribunais, a frivolidade do meu casamento, os meus casos de adultério, a minha impotência diante da morte, não passavam de fraquezas. Talvez pudesse ter encontrado a calma e o regozijo nessa duplicidade anestesiante, se não tivesse encontrado um obstáculo em mim mesmo. Eis que, num belo dia, a porta do meu gabinete se abriu, e então, senti o que menos esperava: uma paixão fervorosa e servil pela pureza e beleza.

Essa criatura cândida, de quem vos falo, chegou até mim para organizar compromissos de mero expediente. A primeira coisa que constatei nela, de relance, foi que me admirava excessivamente. Ela, por sua vez, nem de longe suspeitava que me despertava anseios incontroláveis. Confesso que, em poucos dias, já me encontrava obcecado por sua presença. Julgo que minhas amantes devem ter estranhado o meu desaparecimento, já que meus olhos não precisavam mais testemunhar a lascividade dos seus corpos, pois estavam postos agora, com admiração, sobre uma constituição frágil, doce e até mesmo pueril.

Seu cabelo castanho, sua pele elástica e suave, seu rosto oval, seus lábios protuberantes sob um olhar plácido e expressivo, despertavam-me sinestesias inebriantes. Na época, julgava estar diante da inocência personificada. Sua beleza era de uma espécie santa, imaculada, se posso assim me expressar. Aquela constituição abarcava todas as simetrias que só uma obra de arte podia conter. Se estou exagerando? Não creio, senhoras e senhores, não creio.

Passei a ter a sensação de não haver mais em mim a segurança de antes, cuja certeza me fazia planar acima de todos os homens e de todas as coisas. Poucos dias de convívio com ela bastaram para me comportar como o mais patético dos escudeiros apaixonados. Fazia de tudo para estar ao seu lado; chegava cedo ao trabalho, encurtava audiências, e, sobretudo, convidava-a para ouvir-me discursar horas e horas sobre conceitos jurídicos intermináveis. Recém-admitida no curso de bacharel em Direito, vossas senhorias devem imaginar como seus olhos claros brilhavam de admiração, enquanto eu discursava.

Parecia-se com mamãe, ouvindo o falatório sem fim de papai.

A inocência dessa moça manifestava-se em sutis delicadezas. Seus gestos eram simples, sem quaisquer malícias. Não havia antagonismos em suas convicções. Dá para acreditar que ela acreditava numa justiça equânime? E que tenha me fascinado por isso também? Para todos os problemas as suas soluções eram simplórias, baseadas em reparos concretos. Nada de abstrações. Criticava muitos conceitos e princípios jurídicos, pois a seu ver, estes pareciam não falar a língua dos homens. Dizia isso sem divagações. A maneira como se expressava pareceria ridícula se não fosse pela espontaneidade no seu jeito de comunicar-se. Em determinada ocasião, confessou-me que o mundo só seria justo, quando os homens que faziam da justiça um meio para praticar injustiças, fossem convertidos pela graça e pela bondade do amor.

Ó, lhana criatura.

O seu ser era concretude e substância, existência sem essência, modelado por um acaso seletivo que lhe dera um corpo sem alma, composto de pura matéria. Subitamente, passei a ter necessidade de tê-la entre as mãos, de tocar o seu corpo. Este parecia ligar-se à terra de uma maneira tão natural quanto as árvores, tamanha a áurea telúrica envolta dos seus gestos e movimentos. Possuía uma natureza de olvido e instinto, e adequava-se às necessidades do momento como um animal voluptuoso, vivendo no presente, movimentando-se livremente sem as amarras do tempo ou a prisão das ideias preconcebidas.

Certa vez, entusiasmada, após uma longa e profunda conversa que tivemos, ela me disse, respondendo a uma pergunta estúpida, (ainda hoje não sei como tivera coragem de fazê-la, talvez por influência do meu tio) que só havia tido uma curta experiência amorosa, e, desde então, evitava relacionar-se por puro tédio ou conveniência. O amor, no seu entendimento, deveria ser como todas as coisas verdadeiras do mundo, portanto, não podia ser buscado em amparos ou convenções.

Aquilo, para mim, só significou uma coisa: ela ainda permanecia fresca e intocada, mesmo diante de toda a sujeira do mundo.

A minha boca inundou-se de salivas, senhoras e senhores.

Em poucas semanas, de orador, havia me convertido em seu ouvinte. Quando terminava o expediente, descia do meu tablado de juiz e colocava-me diante dela, de igual para igual, para ouvi-la narrar o seu dia e suas preocupações momentâneas. Vejam. Muitos homens de prestígio são levados por essas aventuras em razão do enfado, ou em virtude de uma irresistível necessidade de estigmatizarem-se. Em último caso, colocam-se em pé de igualdade com efêmeras criaturas para massacrarem o ego e retirarem disso um prazer masoquista, cuja base sustenta-se numa sensação de inferioridade, causada pela mediocridade dos seus atos e dos seus gestos para com um ser tão tolo e abjeto. Não pensem que não cogitei tal atitude para tentar justificar minhas ações perante aquela moça. Não, senhoras e senhores. Penso demais, vocês já se esqueceram disso?

Nunca, em toda a minha vida, havia estado tão entusiasmado e admirado com a companhia de um ser tão cativante. Essa paixão avassaladora e uma admiração redentora pela inocência e beleza me arrebatavam. De tanto vê-la e ouvi-la, passei então a vê-la e ouvi-la sem que me falasse ou estivesse presente. Meus sonhos povoavam-se com sua voz e imagem. Às vezes, levado ao cúmulo do desespero e com razões escusas, telefonava-lhe para escutar a voz e sentir que, de certo modo, a ausência provocada pelo fim de semana, ainda não tinha destruído a nossa tenra relação. Creio que as pessoas do meu convívio mais íntimo notaram certas mudanças em meu temperamento. Algumas delas chegaram a me dizer que eu andava um tanto absorto e sombrio; não entendiam porque eu estava evitando os holofotes e o brio de minha posição.

Senhoras e senhores, desejo-lhes fazer uma confidência. Durante essa minha paixão avassaladora, nem por uma única vez vi a minha estrela guia. Esta parecia ter sido ofuscada pela luz lívida de um céu puro e harmonioso. Nesta extensão celeste, não haviam lugares para brilhos em pontos isolados. Diante daquela cortina faiscante, o medo e a impotência tornavam-se embaciados pela beleza e pela inocência. Não havia, portanto, mais o que temer. Exceto uma coisa: distanciar-me desse horizonte promissor; desse reino de fantasias e esperanças.

Infelizmente, o crepúsculo e a decepção chegam para todos nós, mais dia menos dia.

Tudo ocorrera numa bela noite. Tinha sido convidado para ministrar uma palestra na universidade onde ela estudava. Como era de se esperar, eu triunfava. A minha loquacidade e a minha desenvoltura não deixavam espaços para críticas, nem rompantes. Estava contente e saboreava com maior gosto o esplendor que me proporcionava aquele momento, visto saber que, em algum lugar, naquela plateia, ela olhava-me fascinada e orgulhosa. Eu imperava. Reinava. E, de repente...

Era uma bela noite. As luzes e atenções voltavam-se para mim, eu subira no palanque, ovacionado, como de costume, sentindo-me confiante e até mesmo feliz. Dominava o recinto. Em mim, uma vasta sensação mesclada de realização e poder crescia. No entanto, assim que me endireite diante do microfone para responder uma pergunta, a vi, a poucos metros de mim, segurando a mão de um jovem, enquanto este olhava-me sorrindo com um jeito zombeteiro.

Naquele instante, o meu mundo desabou. O céu escureceu e todas as luzes se apagaram envolta de mim.

Surpreendido por aquela novidade, tentei recompor-me e responder a uma pergunta. Lembro-me de colocar ambas as mãos sobre o púlpito, erguer os ombros e com uma seguridade descompassada dizer...

Não havia nada o que dizer. Eu havia perdido a fala; o meu instrumento mais poderoso.

Fiquei onde estava, imóvel, incapaz de dizer uma só palavra. Ao passo de poucos segundos, ouvi murmúrios distantes, vindos de algum lugar. Notei então que a plateia se encontrava confusa, eufórica. Tanto ela quanto o jovem ao seu lado olhavam-me surpreendidos. Naquela crescente confusão de vozes, eis que, do nada, olho para cima e vejo surgir novamente minha estrela guia, no alto do auditório, projetando uma luz resplandecente e radiante sobre minha bela amada. Imediatamente, quase como se descobrisse o segredo de um mistério antigo, compreendi tudo. Não bastava admirar sua beleza e sua inocência; era preciso assenhorear-se dela e protegê-la a qualquer custo. Após esta revelação, tornei a desempenhar meu papel com eficiência e magnitude. E ao término, fui homenageado com um título acadêmico bastante significativo.

Entretanto, naquela noite, evitei vê-la e manter qualquer contato com ela.

Mais tarde, sem saber ao certo porque, tomado por um furor incontrolável e por um arrebatamento funesto, passei a noite com uma mulher vulgar. Tornei a transgredir todos os limites, e, novamente, fui além do permitido: espanquei a prostituta sem nenhum motivo aparente, a não ser por causa da torrente de insatisfação e cólera que tomava conta de mim.

Encontrava-me abandonado e angustiado, senhoras e senhores.

Se tal atitude voltou a dar-me prazer? Não, não, caros leitores. Em vez de retirar prazer espancando a pobre mulher, sentia-me somente desolado e infeliz diante da impossibilidade de preservar a inocência e a beleza num mundo caótico. A minha violência voltava-se contra a violência do mundo, contra sua natureza opressora e indiferente. Não podia deixar a lascividade manchar o que ainda havia de imaculado no mundo. Era ou não era o guardião da justiça e da beleza? Entretanto, como desempenhar esse papel, se eu mesmo me entregava à ardência sensual do meu sangue? Num acesso de cólera, vos digo, excedi-me e deixei hematomas horríveis no corpo daquela pobre infeliz.

As senhoras e os senhores devem achar isso um tanto pueril. Um homem da minha envergadura preocupando-se com assuntos tão mundanos, não é mesmo? Mas vejam bem. Eu andava desesperado. Imaginem uma joia rara como ela, ao alcance de um jovem sedutor. Não, não podia permitir que ela entregasse o que havia de belo e de redentor no mundo, para um mísero estudante apaixonado. Tinha de blindá-la dos pecados do sangue e do instinto. Sua pureza e inocência deviam prevalecer sobre os anseios da carne. Precisava livrá-la de tudo o que pudesse manchá-la, nem que para isso precisasse vigiá-la dia e noite.

Se o fiz?

Passei a espreitá-la nos lugares mais inusitados que possam imaginar. Observava-a de longe em passeios e locais públicos, enquanto ela andava de mãos dadas com seu jovem estudante. No trabalho, sua mesa havia sido transportada para o meu gabinete. Todavia, algo havia mudado no nosso convívio. Não notava mais seu encantamento por minha presença. Desse modo, magoado, passei a reprimi-la ferozmente, dando-lhe ofícios despropositados. Coloquei ela para redigir sentenças e refazer ofícios por mais de vinte vezes num só dia. Isso poupava-me de ter de vigiá-la, já que passava a noite submergida em seu trabalho, enquanto eu olhava-a da minha mesa com um mister de reprovação e ternura. Vejam a que ponto cheguei...

Houve um dia em que tentei dissuadi-la do seu jovem, alegando que seus estudos seriam afetados caso não se dedicasse integralmente a eles. Quanta humilhação eu me submeti por sua causa. Todavia, o que ainda hoje me espanta foi o fato de ter ligado, em anonimato, para seus pais, alertando-os dos passeios noturnos da filha e do perigo que aquilo representava. Porém, nada adiantou.

Minha doce criança continuou vendo o seu jovem amante até o dia em que decidi – frente às proporções que tomavam as circunstâncias – confessar-lhe tudo o que sentia.

Naquela noite, ela entrou em meu apartamento clandestino um tanto constrangida e com um ar desconfiado. Horas antes, marcara o encontro com desculpas esfarrapadas. Na ocasião, o vinho tinha tornado a minha língua leve e comprida, e comunicava-me com a facilidade rastejante de uma cobra ardilosa. À luz daquela atmosfera doce e envolvente, a morte tinha perdido o seu peso insuportável, e sentia-me capaz de assenhorear-me da vida de todos os seres do mundo. Uma comoção arrebatadora tomava conta do meu espírito. Lembro-me perfeitamente do momento. Ela estava diante de mim, sentada em uma poltrona, com ambas as mãos sobre os joelhos, e, ao vê-la ali, tão casta e bela, fui tomado por um sentimento potente e ao mesmo tempo irresistível.

Subitamente, ao dar-se conta do meu arrebatamento, os seus olhos se arregalaram, e pude notar neles um certo terror e apreensão. Olhavam-me hipnotizados como um animal indefeso olha para o seu predador antes do bote. Para aliviar seu nervosismo, disse-lhe que estava ali para proteger sua beleza e sua inocência, e não me importava se tivesse de assumir publicamente este papel. "Divorciaria de minha esposa, se preciso fosse!" gritei-lhe ainda. Hoje, não sei se falei aquilo de modo verdadeiro ou se fora o meu sangue sensual falando por mim. O certo é que, quando terminei de lhe expor todo o fervor de minha adoração, ela manifestou imediatamente interesse em evadir-se do local. Levantou-se rapidamente, e, em seguida, disse que tinha de sair, pois não se sentia bem com tudo aquilo.

Em um gesto impensado, agarrei-a pelos braços e retive-a entre as mãos, sentindo a sensação de ter agarrado uma frágil e tenra pomba.

Naquele instante, tive uma epifania.

Quando ela me olhou fugazmente com uma expressão crispada, entendi que sua pureza me era inalcançável. Senti brotar das vísceras um tipo de fome que estremecia meu corpo, deixando-o num estado de transe alucinado. Logo, ela apercebeu-se do perigo que se avizinhava, e, como reação, pôs-se a debater os ombros tentando livrar-se das minhas garras, como se batesse suas asas de pomba, mas era tarde demais. Minhas garras encontravam-se cravadas na sua carne macia e somente um milagre me desprenderia dela.

Mas não existem milagres, senhoras e senhores.

Enquanto beijava-a como um louco, o meu furor sufocava o seu grito de protesto. Aos poucos, ela ia rendendo-se contra a pressão que o meu corpo fazia contra o seu. Um tanto eufórico, arranquei desesperadamente os botões de sua blusa e desnudei-a violentamente. Em seguida, agarrei-me histericamente ao seu corpo nu e imaculado, enquanto ela ainda tentava afastar-me dele com uma débil força que apenas enchia-me ainda mais de ímpeto. Desiludido então de poder preservar a pureza do seu ser, tinha decidido violá-la sem dó nem compaixão. Isso só provava que, mais uma vez, havia me enganado. Às vezes, não acreditamos nós mesmos em nossas próprias mentiras? Pois bem, vejam só. Após romper o hímen e sujar-me com a incolumidade do seu sangue, percebi que não era devoção ou submissão à pureza, o que me ligava à sua figura, era, senão, um desejo ignóbil de violar tudo o que me parecesse puro.

Sim. Era isso, afinal! Se era-me negado qualquer tipo de salvação e inocência, retirava daí uma justificativa para violar tudo o que podia ser considerado sagrado.

A partir desse dia, não foram mais somente o prestígio e a vontade de tornar-me conhecido e imortal, os argumentos que guiaram o teor de minhas sentenças. Não. Tinha decidido atacar tudo o que me parecesse puro e digno de piedade.

Abaixo a beleza e a bondade!

Ah! Já ia me esquecendo.

Se sofri retaliações da justiça por ter abusado sexualmente de minha jovem estagiária? Conto-lhes o que me ocorreu.

Na manhã seguinte, após deixá-la na porta da sua casa sem fazer-lhe quaisquer ameaças, esperei trancado em meu gabinete o cumprimento da ordem de prisão que poria abaixo toda a minha honra e prestígio. Não me importava mais com a imagem de minha realeza, no entanto, confesso que fiquei um tanto atordoado com a possibilidade de ser ridicularizado nos nossos meios de comunicação.

Mas acontece, senhoras e senhores, que ao invés de ser conduzido coercitivamente para a prisão, naquele dia, fui surpreendido com uma carta de recomendação que garantia-me um posto de trabalho, em vacância, num grau de instância superior. Dá para acreditar? Eu, que esperava pela derrocada final, ser presenteado mais uma vez pelas mãos do glorioso destino? Rá rá. Nada, diante disso, me deu mais certeza: a minha ascensão era algo posto em marcha pelos motores invisíveis do acaso.

Minha estrela guia...

Assim, não tornei a ver minha bela jovem. Não apareceu para trabalhar no dia seguinte, nem nunca mais. Ainda hoje, não sei porque resolveu não me denunciar. Talvez, porque notara que o seu reclamo não seria ouvido, ou porque sabendo do meu poder e das minhas relações, tivera medo de que eu atentasse contra sua vida. Bobagens. Aliás, também, que poderia fazer ela contra um desembargador? Um desembargador, senhoras e senhores! Togado com um manto negro impenetrável e guiado pelo desejo incessante de vencer a morte e de suprimir toda a inocência do mundo.

6

Sinto-me obrigado, em virtude da extensão deste relato, a tratar de suas últimas ponderações. A princípio não imaginava que tomaria tamanhas proporções. Se soubesse de antemão o quanto custar-me-ia escrevê-lo, talvez, nem tivesse iniciado sua empreitada. Embora tenha durante grande parte de minha vida utilizado o dom da fala e do convencimento com excitação, e expressado diante dos outros um fervor alucinado, hoje, custa-me fazê-lo sem sentir um certo aborrecimento e desdém. Tornou-me difícil e até mesmo enfadonho expressar minhas razões publicamente. (Na verdade, existem razões?). Do que adiantaria, também? Se no fundo, todos os ouvidos estão tampados.

Os homens do nosso século são pouco propensos ao diálogo, suas atenções voltam-se apenas para a altura tonitruante de suas próprias convicções. Eis que, um sujeito pergunta ao outro sobre o que ele pensa a respeito de um determinado assunto; vossas senhorias arriscariam dizer por que e para que ele pergunta? Não? Vos digo. Para reafirmar o que sabe, ou então, para julgar a amplitude da ignorância alheia. Somos o centro das atenções, e para isso não podemos deixar de julgar. Se não fosse assim, o certo e o errado não passariam de palavras sem significado, e todos deixariam de julgar constantemente. Entregar-se-iam à terra sem ressalvas, amando o que há de mais profano e de mais sagrado em sua irredutível indiferença. Mas os homens não foram feitos para terem a paz de espírito das pedras. Não pertencem ao universo dos seres inanimados, não podem deixar de atormentarem-se, e, quando se cansam, põem-se a julgar ferozmente com unhas e dentes. Julgam para evitar o desespero oriundo do que lhes é desconhecido, em suma, julgam para evitar perguntarem a si mesmos quem são.

Ó, santa ignorância!

Ademais, tenho de pôr fim a esta narrativa porque as responsabilidades do ofício me chamam. Preciso decidir se acato ou não o conjunto de reivindicações contidas neste despacho. Meus concidadãos têm a virtuosa mania de serem pedintes natos. Pedem e pedem, nunca dão. No entanto, não julgo com maus olhos está disposição de espírito de defenderem em primeiro lugar seus próprios interesses. A caridade nunca foi um sentimento espontâneo no coração do homem. É preciso dizer a este que divida o pão de sua mesa, caso contrário, é capaz de, mesmo na fartura, ser mesquinho como o Diabo. Por que digo isso? Analisem. O homem teve o ardil de pregar na cruz o profeta que apregoou a generosidade e o perdão, para salvar aquele que roubou e pôs o interesse pessoal acima da legalidade. Aos menos adeptos da fé cristã, lhes proponho uma profunda reflexão sobre a essência da propriedade privada. Criou-se um conceito e delimitou-se a coisa, eis o ídolo supremo da nossa civilização. Não se espantem se lhes disser que, para além da defesa do interesse pessoal, a sua origem tem raízes na afirmação de uma negação. Afirmo, "isto me pertence!". Em seguida, nego partilhá-lo com o próximo. Digo, "sou possuidor, e você, despossuído, por conseguinte, minha posse!". Nega-se para afirmar-me sujeito. Cada um, senhoras e senhores, se acha o centro do mundo e das atenções. Somos mesmo um poço de egoísmo e vaidade.

Mas voltemos ao caso.

Olho para esta reivindicação e hesito decidir em favor do querelante ou do querelado. Já não consigo julgar. Apesar de continuar exercendo o meu papel de julgador, não sou mais capaz de sentenciar segundo minhas convicções. A bem-dizer, não as tenho mais. Lanço uma moeda para o alto e... Não! Antes de lhes confidenciar o meu método, tenho de lhes dizer, brevemente, porque me decepcionei atuando como membro de nosso ilustre tribunal.

O meu intento de atacar a beleza e a inocência mostrou-se, diante da corte, impraticável. Meus colegas desembargadores eram criaturas medíocres. Além disso, em um órgão colegiado, não se tomam decisões sem o crivo dos demais: antes a quantidade à qualidade. Nossa legislação, cultua a fé de que quanto maior for o número de julgadores, maiores serão as chances de obter-se um julgamento equânime. Lhes pergunto. Somos mais propensos, em conjunto, a julgarmos com maior sobriedade e discernimento? No tumulto, agimos segundo nossas próprias convicções? Rá rá. O que notei observando a nossa corte, foi exatamente o contrário. Meus colegas não julgavam conforme seus princípios, senão em conformidade com a tomada da decisão dos demais. A justiça tão almejada – fruto da divergência e do pensamento diverso – em nada tinha de haver com o que praticávamos ali. Nossos julgamentos se pautavam no princípio da justiça conivente. Não havia pulso firme em nossos acórdãos;

nossos déspotas esclarecidos mais se pareciam com crianças inseguras do que com qualquer outra coisa.

Engana-se, senhoras e senhores, duas ou mais cabeças não pensam melhor do que uma. No máximo, multiplica-se a ignorância em conjunto. Pensou-se no passado, que uma decisão, tomada por uma maioria, fosse justa, pois ela espelharia, de um modo um tanto intangível, a vontade de todos, e, por conseguinte, o desejo e a soberania popular. Mas os tribunais jacobinos não respeitavam a vontade do povo, mas sim um ordenamento abstrato guiado por princípios absolutos. Liberdade, igualdade e fraternidade, não é mesmo? Em realidade, tais princípios estavam acima do povo e serviam tão somente para julgá-lo. Como o Deus que estes revoltados mataram, ao guilhotinarem padres e saquearem suas igrejas, tais princípios não podiam coexistir com uma fé numa liberdade tão abstrata, por isso, fora preciso suplantá-los por outro marco diretivo que guiasse os passos do homem; eis então que se criou um outro conceito ainda mais metafísico, e deu-se a ele o nome de História. Mas a História, como todo construto imaginativo humano, é passível de modulações e interpretações. Julgo ter sido um erro suplantar tudo o que havia de sagrado e intocável para fincá-la como única julgadora de verdades, pois sabemos que, em matéria de verdades, somos tão volúveis quanto a água.

Hoje, julga-se proibido, amanhã, permitido.

A história nada julgará, os homens, responsáveis por sua construção parcial e fragmentada, estes sim, irão dizer ao mundo o que é ou não é permitido.

Estamos cada vez mais perdidos num emaranhado de acontecimentos que se interligam, criando uma ilusão de realidade mutável.

Avançamos (será?). Nossos deuses continuam os mesmos, lhes garanto, mas estes não residem mais no olimpo ou no céu, estão na terra, em seus palacetes, bem-vestidos e alimentados, defendendo o interesse privado de uma minoria que sempre esteve aí, consciente do seu poder de escravizar e de infligir a morte. Foi a estes deuses que dediquei o meu trabalho de juiz, e no tribunal só encontrei mais servos devotos dessa fé subserviente. Ah! Quanta vergonha e decepção sentia por estar ali, ao lado daqueles homens cativos, mas, para não acharem que digo isso somente para atacá-los, falarei um pouco mais a respeito de meus colegas desembargadores.

Eles dividiam-se em duas turmas muito bem delineadas. De um lado, ocupavam as cadeiras os liberais, preocupados em fundamentar suas decisões com o que havia de mais novo e moderno nos tribunais. Do outro, as estatuetas de sempre, rígidas e intransigentes em suas sentenças. Ó! Atores, hipócritas, no entanto, tão convincentes! Vejam só. Quando se reuniam para deliberarem sobre algum pleito, às vezes, esses senhores até trocavam ofensas pessoais. Demonstravam uma ávida paixão pelas suas crenças, sem se importarem em manter a linha exigida pela toga. Seus corações pareciam palpitar por debaixo dos mantos negros, por isso, era muito comum, em meio a uma sessão plenária, ouvi-los indignados e gritando impropérios. Nada os impedia de erguerem o tom da voz, apontarem o dedo para um colega, acusarem-no de caudilho da liberdade e da humanidade. Entretanto, sabia que quando a sessão acabava, e cada um se despedia do outro tratando-o por "nobre colega", eles recebiam em seus gabinetes as mesmas personalidades, cujos interesses eram comuns e estavam acima daquele teatro patético.

Quer liberais, quer conservadores, todos estavam a serviço de um mesmo ideal. Falo do progresso, meus nobres leitores, desse movimento constante rumo ao devir, cuja força motriz possui a vã esperança de dominar a matéria do mesmo modo que o criador dominou a criação.

Meus nobres colegas serviam aos profetas do progresso, da produtividade e da eficiência. Profetas? Sim, sim. Ou vocês acham que não há nada de messiânico nessa forma de pensar na evolução do progresso? Deixo claro que não estou desdenhando as novas descobertas e os avanços da ciência, no entanto, esse progresso produtivo, baseado na eficácia, só é sustentado pela frágil esperança de que o amanhã será mais suportável que o presente, e infinitamente melhor do que o passado, graças ao aumento da produtividade, que resolverá todas as contradições do homem. Eles dizem, "o mundo tronar-se-á um paraíso!". Rá rá.

Caros leitores, continuamos os mesmos hominídeos de sempre, que utilizavam o fogo para dissipar as feras e o medo da morte, só que agora, possuímos máquinas e uma tecnologia incrível; o progresso é só o terreno sobre o qual – com ajuda da ciência – edificamos os templos suntuosos da nova religião. É preciso ter fé na infinitude, sendo isso impossível, acreditar na transformação da terra no paraíso; eis a promessa da igreja da produtividade, forjada de aço e soerguida sobre as cinzas do mundo. A ela, os homens devem dedicar seus esforços, mesmo que isso signifique escravizar seus semelhantes; que importa? Se afinal, seremos mais máquinas do que homens.

O primordial, senhoras e senhores, é não desaparecer sem deixar rastros.

Não estou sendo retrógrado, talvez, esteja indignado por ter servido estes homens que possuíam uma fé pueril no avanço da humanidade. Para livrar-me desta crença e também dos seus representantes, tive que desacreditar completamente de tudo e dar importância apenas ao jogo. Como? Sim, ao jogo. Após constatar que o meu desejo de violar a beleza e a inocência era somente mais um impulso do meu sangue lascivo, e, os meus esforços para inscrever o meu nome na história, uma perda de tempo, decidi deitar à sorte todas as minhas esperanças.

Joguemos com o acaso!

Talvez, seja esta a única postura verdadeiramente *livre* que um homem pode adotar. Não é servo aquele que não tem um senhor, da mesma maneira que não se submete quem nada deseja.

Eu estava disposto a aceitar todas as consequências. E não me curvar jamais.

Parei, portanto, em minhas sentenças, de atacar a pobre criatura despojada dos seus direitos. Minhas decisões, pendiam para um lado ou para o outro, conforme o acaso me dizia. Vocês podem estar se perguntando como ele se manifestava, pois bem, aconteceu de uma noite, em um golpe de sorte, dar conta dos seus desígnios de uma maneira bastante simples.

Andava cabisbaixo longe dos holofotes, cumprindo o meu papel na corte e julgando sem muita convicção, quando, sem mais nem menos, ao ter de encaminhar uma decisão de mero expediente, surgiu-me a ideia de lançar para o alto uma moeda. Ela decidiria o rito processual do documento em minha posse. Não tinha dúvidas, do ponto de vista legal, para quem deveria despachar aquele amontoado de páginas, mas, longe das atenções, andava bastante aborrecido. Surgiu-me a ideia de jogar com a sorte sem me preocupar se isso me renderia reclamações, ou até mesmo uma advertência formal por parte de meus colegas magistrados. Retirei uma moeda do bolso, e, após espremê-la entre os dedos, lancei-a para o alto com uma vaga sensação de estar apostando todas as minhas fichas naquela brincadeira infantil. E não é que, contemplando-a, encontrei a resposta que tanto buscara ao longo da vida?

A luz acobreada da moeda rapidamente se transformou na translucidez de minha estrela guia, iluminando e enchendo-me com o esplendor de uma nova convicção. Naquele momento, compreendi que, escravos ou não da história, súditos ou não de Deus, servos da moral ou da imoralidade irrestrita, homens de utilidade ou de fé, todos estamos sujeitos ao Deus da contingência; seus desígnios imprevisíveis são tudo o que nos resta, consequentemente, só podemos desejar a todos uma boa sorte.

Todavia, não podia simplesmente lançar a sorte dos outros, julgando conforme o resultado do "jogo", e não me sujeitar eu mesmo à sua decisão. Era preciso assumir os riscos ou não estaria à altura dos merecimentos que o acaso guardava para mim. Hesitei um instante antes de apertar o gatilho. A frieza do aço do revólver de encontro às têmporas, despertou-me a gélida compreensão de minhas duas opções, isto é, atirar e comprovar a fé absoluta em minha teoria, ou abster-me e esquecer de vez a excepcionalidade do meu caráter.

Caros leitores, vocês não podem imaginar o tamanho de minha felicidade ao constatar, após o *clic* do gatilho, que os meus miolos não se encontravam espalhados sobre os papéis em minha mesa.

Ó! Quão frágil é a vida, e quão bela e doce é essa sua fragilidade!

Encontrava-me novamente disposto a ir até onde fosse preciso para salvar o meu nome do esquecimento. Se não morrera naquele dia, algo grande estava por vir.

Ah! Mas prometi ser breve. Preciso decidir sobre esta reivindicação. A moeda? Guardo-a sempre comigo, numa caixinha sobre a mesa.

Desde então, passei a ser, aos olhos da sociedade e de meus colegas magistrados, uma figura bastante emblemática. A imprevisibilidade de minhas sentenças chama mesmo a atenção. Além disso, a imagem que as pessoas guardavam do meu passado, ajudaram em muito a tornar-me novamente uma celebridade. Minha volta aos tabloides foi repentina. Todavia, confesso que, desde o momento em que os três obuses guardados no tambor do revólver não esfarelaram o meu crânio, tornei a sentir-me inflado por uma vaidade sem limites. Esta ajudou-me rapidamente a assumir a figura de um líder colossal e radiante.

No tribunal, a maioria dos desembargadores passaram então a seguir o meu voto, seduzidos pelo brio de minha figura altiva. Não preciso falar sobre a sobriedade dos meus pareces, não é mesmo? É claro que eles nem sonhavam que nos bastidores eu lançava uma moeda para o alto e...

Ah! Como ficavam encantados com a tenacidade de minhas observações, com a segurança com que falava de uma interpretação jurisprudencial, e, sobretudo, com o meu cariz severo. Para falar a verdade, eu mesmo chegava a acreditar, por alguns instantes, na narrativa que ia tecendo durante uma sessão plenária. Tinha me tornado uma figura tão contraditória que, ora, contra todas as provas, sentenciava a favor de criminosos e estafadores, e, no mesmo dia, mais tarde, sentindo apenas o odor da fumaça de um bom direito, decidia a favor de pessoas humildes e trabalhadoras. Não me encontrava mais sob a influência de nenhum dos lados da moeda, senão dos dois.

A sorte velava pelo interesse dos oprimidos e dos opressores, eu era tão somente o seu instrumento.

Devo ter dito, em algum momento, de minha situação de escravo e de senhor. Escravo, porque o que decido não me cabe mais. Senhor, porque de todo modo, ainda profiro sentenças. À luz da verdade, alguma vez, já decidimos alguma coisa? Somos responsáveis pelo nosso destino? Temos a errônea mania de encontrarmos nexos para tudo. E se não houver um desencadeamento lógico para os resultados da vida, poderíamos colocar as cabeças sobre os travesseiros e dormirmos tranquilamente? E se os verdadeiros Deuses estiverem jogando com o acaso – assim como farei com este caso – seriam os homens capazes de os venerarem? De se tornarem súditos do caso fortuito e da forma maior? Pensemos, senhoras e senhores, e se todos os homens investidos no poder de decisão fizessem como o faço agora, isto é, lançassem para o alto o sim e o não, não seríamos, todos nós, menos rebeldes e mais felizes?

Vejamos se vossas senhorias conseguem me culpar pelo desenlace deste caso.

Trata-se da reivindicação de um conjunto de trabalhadores. Sem sombra de dúvidas, aos olhos da lei, merecem o pedido da petição. Mas, como não acredito nas normas, nem desejo me pôr ao lado dos patrões, cabe deixar que a sorte decida por eles. Minha moeda será o marco definitivo desta questão. Ah! Já ia esquecendo-me de dizer. Acima de mim, não existem mais graus de jurisdição. Ocupo uma cadeira na Suprema Corte.

A partir do dia em que deixei o acaso decidir pelo meu destino, minha promoção foi algo inexorável. Vocês precisavam ver com que ardor defendia meus votos no tribunal. Após lançar a moeda, justificava com fervor qual justiça deveria ser aplicada ao caso concreto. Encontrava justificativas convincentes, sabendo que não existiam razões.

A figura contraditória que havia me tornado, sem dúvidas, cativara a atenção de homens poderosos, pois, ao surgir uma vacância em nossa suprema corte, adivinhem qual o nome fora sugerido para o cargo? E o mais engraçado. Havia tempo que tinha me afastado deles e devo ter até mesmo julgado contra seus interesses em alguns casos. Contudo, não foi com surpresa que recebi o comunicado de minha promoção, senão com a sensação de estar cada vez mais com a razão, isto é, de que não há razão alguma para coisa nenhuma. A verdade é uma cegueira lúcida que doem os olhos e nos impedem de olhar com astúcia a profundidade das aparências.

Não existem certezas, senhoras e senhores. O destino caminha a passos desorientados, rumo ao desconhecido. Acreditar é uma ilusão contra a infertilidade do mundo, e embora acreditar seja uma estupidez, não podemos deixar de acreditar, pois não podemos deixar de ser estúpidos. Vossas senhorias já perceberam quantos questionamentos estúpidos temos de responder e quantas respostas estúpidas nos escapam dos lábios? E assim, os homens respondem sucessivamente, comprovando sua estupidez. Nossa estupidez só se finda com a morte. Esta é a única solução para o problema da estupidez humana. Nunca perceberam o quão virtuosos e dignos são os nossos mortos? Mas deixemos de estupidez e voltemos à reivindicação estúpida desses estúpidos trabalhadores.

Deixe-me pôr um ponto final na angústia desses assalariados...

Vejam só!

Após comunicados de minha decisão, tenho certeza de que eles dormiram tranquilos por um bom tempo. Minha moeda e estrela guia intercedeu por seus pedidos. Seus filhos terão, daqui para frente, um futuro promissor. Não sou um bom Deus e benevolente servo? Rá rá. Amanhã, diante de meus nobres colegas, farei um discurso inflamado. Tenho certeza de que os nobres ministros seguirão o meu voto.

Acreditem, o meu poder sobre eles é imenso.

Infelizmente, para os patrões, neste caso concreto, tudo fora perdido. Não contaram com a mesma sorte dos trabalhadores. Mas fazer o que? Na verdade, nem tudo está perdido. Haverá sempre uma outra oportunidade de maximizarem seus lucros. Quem sabe na próxima vez. Tranquilizemo-nos. No meu caso, também, nunca será tarde demais. Devo continuar seguindo os caminhos traçados pela minha estrela guia. Ascenderei ainda mais, estejam certos disso. Ultimamente, não ando descartando a hipótese de entrar para a política. Neste país, em seus altares e palanques, nossos políticos são mais exaltados do que os próprios deuses. Imaginem, eu, presidente desta nação! Se consegui prender a atenção de vossas senhorias até aqui, cujo discernimento julgo esclarecido, imaginem o que eu seria capaz de fazer com um povo tão tolo e iletrado como é o do meu país. Por aqui, reina-se o pão e o circo, e ganha maior amplitude aquele que grita as maiores patifarias. Mas isto daria assunto para outra história. Quem sabe algum dia possa escrevê-la. Teria de descobrir se levo vocação para a política. Rá rá. Devo tê-la, ou então, posso aprendê-la, pois para mim, nunca será tarde demais: minha imortalidade é algo que sinto se aproximar nitidamente. Ó! Os raios de minha estrela guia nunca deixar-me-ão perder as esperanças. Seria esta minha maior estupidez? Deixo a questão para vossas senhorias. Quanto a mim, fico por aqui.

Fim

pólen bold 90 gr/m2
tipologia garamond
impresso na verão de 2023